이 중 언 어 작 가

RICH 트랜스내셔널인문학총서

이중언어작가

근현대문학의 트랜스내셔널한 기원을 찾아서

·

한양대학교 비교역사문화연구소 기획
이창남 엮음

·

cum libro
책과함께

머리말

이 책은 〈이중언어 작가—근현대문학의 트랜스내셔널한 기원을 찾아서〉라는 학술회의를 토대로 만들어졌다. 한국 문학, 일본 문학, 독일 문학, 프랑스 문학 등 소위 국민문학의 범주들은 그 정체성을 자기 안에서 찾아왔다. 하지만 실상 '안'에 있다고 생각했던 근원은 '밖'에 있고, 하나로 생각하고 싶어했던 정체성은 여러 언어들 간의 교섭에 뿌리를 두고 있다. 우리가 근현대문학의 이중언어 작가들을 조명하고자 시도한 배경에는 이와 같은 근대문학과 비평의 단일언어주의에 대한 반성이 있었다.

한국 근대문학에서 일본어의 역할은 국민문학의 '민족적' 범주화라는 그늘에 가려져 있었다. 독일 근대문학도 고대 고전들과 길항하는 다중언어 정체성 속에서 번역과 창작의 과정을 거쳐 형성되어왔다. 하지만 어느 순간 '독일적인 것'이 규범으로 범주화되면서 다중언어에 토대를 두고 있던 그 전사(前史)와 배경은 망각되어갔다. 독일어를 경멸했던 독일 통일의 아버지 프리드리히 2세의 역설적 언어의식은 근대문학의 문턱과 관련해서 많은 시사점을 담고 있다. 그 밖에 많은 나라들의 국민문학도 예외는 아니었다. 이는 근대 국민문학의 범주화 과정에 삭제되고 말소된 흔적들을 되돌아보게 한다. 그리고 근대 자체가 일종의 자기부정을 동반하는 역사가 아니었는지 재고하게 한다.

이른바 '모국어'라는 '가족 로망스' 속에 쓰인 근대문학의 역사는 출발부터 시대적 구속과 편견에서 자유롭지 못한 점이 없지 않다. 이러한 문제의식에서 출발하여 여러 국민문학의 트랜스내셔널한 기원을 찾아보는 작업을 시도했다. 과거를 거슬러 현재를 반추하는 이 작업은 역설적이면서도 풍요로운 것이었다. 왜냐하면 그것이 '하나'이어야 할 국민문학의 기원을 '여럿'에서 찾는 작업이자, 19세기 이래 문학과 역사 연구의 강고한 패러다임을 구축해온 민족주의적 정언명령을 되짚어 내파하는 작업이기 때문이다. 또한 현 시점에서는 글로벌 시대의 다중언어 정체성을 차단하는 힘의 언어들에 대한 반성적 성찰을 동반하는 작업이기도 했다.

이 책에서 그러한 작업을 충분히 수행했다고 자부할 수는 없다. 그러나 우리는 여러 근현대 국민문학의 대표 작가들을 통해서 '국민문학의 기원은 국민적이지 않다'는 역설적 전제를 논증했다. 이 과정에서 근대문학 연구에 산포된 여러 비식별 영역(terra incognita)들을 확인할 수 있었다. 그리고 그것이 새로운 연구를 위한 풍요로운 지대가 될 것을 확신할 수 있었다. 이러한 연구를 위한 단초는 물론 문학의 범주 안에서만 나타나고 있는 것은 아니다. 근래 변경사와 초국적 역사에 대한 관심과 이를 복구하려는 일각의 노력은 근현대문학의 정체성을 트랜스내셔널한 차원에서 재고하고자 하는 우리의 기획에 좋은 자극이 되었다. 일국사적 관점의 제약을 넘어서, 다국적 교류의 역사로 국사를 탈구하는 일에 국민문학의 역사도 예외는 아닌 것이다.

여기서 근대 단일언어주의에 가려진 '이중언어'의 문제는 가장 핵심적인 논제 가운데 하나다. 국민문학 형성기에 작가들은 이중 혹은 삼중 언어의 틈 사이에 존재했고, 그 긴장 속에서 작업을 해왔다. 이들은 언어와 언어 사이의 매개자이자 전복자이며, 찬탈자이고, 투항자였다 근대 국민문학의 기원에 자리 잡은 작품들에는 이러한 언어들 사이의 다중 정체성의 긴장이 녹아 있다. 그것은 하나가 아닌 여럿의 정체성 이다. 그리고 근현대 작가들의 작업은 서로 다른 언어들의 '사이 공간' 에서 이루어진 글쓰기였다고 해도 과언이 아니다.

구체적으로 김효진은 언문일치라는 근대문학의 시대적 요구 속에 제국의 언어 일본어와 모국어 사이에서 작업했던 이광수의 이중언어 적 상황을 검토한다. 그는 한국 근대문학 형성기에 "번역자의 경계 외 적 시선이 작용"하고, 바로 창작에 "번역자의 외부성"이 활용되고 있음 을 지적한다. 앤서니 애들러(Anthony C. Adler)는 횔덜린이 19세기 민 족주의적 작가로 게오르게 문학 그룹에 의해 만들어지는 과정과 그에 대한 비판적 관점을 제시하면서 다언어적 근원으로서 횔덜린 창작의 배후를 드러낸다. 그에 따르면, "모국어의 욕망을 포기한 다언어주의 가 횔덜린 시의 고향이다." 이러한 통찰은 횔덜린에 대한 기존의 인식 을 고려할 때 결코 가볍지 않은 것이다.

최윤영은 역시 근대 독일 문학의 대표 작가 가운데 하나인 18세기 레싱의 《현자 나탄》과 20세기 터키 작가 세노작의 작품을 비교 고찰 한다. 이를 통해 그는 18세기와 20세기 다문화적 국면에 대한 비교의 장을 마련한다.

켈리 월시(Kelly S. Walsh)는, 아일랜드 출신으로 프랑스어로 작업했 던 사무엘 베케트의 언어적 아포리들을 이중언어적 상황을 통해서 밝 힌다. 그에 따르면 어떤 말할 수 없는 것을 둘러싸고 베케트의 언어는 똥이자 쓰레기 더미와 같이 쌓인다. 자기 안의 타자성을 지향하는 베 케트의 작업은 완성될 수는 없지만 낯설고 독특한 언어 미학을 구축하고 있음을 논증한다.

이어서 이송이는 알제리 작가 앗시아 제바르의 프랑스어 작품을 통해서 이중언어의 국면을 조명한다. 프랑스어와 알제리어 사이에서 프랑스어는 알제리의 가부장적 질서에 대항하는 '나'의 언어이자 여성의 언어가 되면서, 동시에 제국 프랑스 전통의 자서전 문학 전통을 탈구하는 언어로서의 역할을 수행한다.

끝으로 이창남은 인도 영어 작가 아룬다티 로이의 작품과 에세이를 통해서 인도에서 영어와 현지어 사이의 긴장을 조명한다. 20세기 문맹을 강요하는 초국적 질서 속에서, 그 질서를 대변하는 영어의 여백에 쓰는 아룬다티 로이의 영어 소설과 에세이들은 이중적 기입의 틈새에서 모방과 전복의 이중 전략을 수행하는 글쓰기로 자리매김된다.

이 책에서 다루는 작가들은 유럽과 한국의 근대문학 태동기의 작가에서부터 글로벌 시대의 초국적 질서 속에서 글쓰기를 수행하는 작가에 이르기까지 다양하다. 하지만 한결같이 다언어적 국면 속에서 언어와 언어 사이에서 글쓰기를 수행하며 그 언어적 여백에 말하지 못한 혹은 말할 수 없는 어떤 것을 등대로 삼아서 작품 활동을 하고 있다. 바로 이러한 이중적 혹은 다중적 언어의 교차로에서 이들이 세우는 근현대문학의 이정표들은 일국적인 관점의 근대문학론이 간과해오던 것이다. 하지만 '흔적'으로 남은 그 '기원'은 아직도 제약된 역사적 인식의 바깥에서 많은 이야기를 하고 있다.

이 책이 그와 같은 면면을 방대하게 포괄하는 기획은 아니다. 다만 국가와 작가별로 근대문학의 이중언어적 기원과 현대문학의 이중언어적 상황에 대한 핵심적 요체들을 포착하여 제시하고자 했다는 점에서 적지 않은 의의를 느낀다. 동시에 많은 과제를 눈앞에서 확인하는 계기가 되었다. 앞으로도 이중언어 문제를 심화하고, 근대문학의 트랜스내셔널한 '기원'을 풍부하게 드러내는 후속 연구와 작업이 이어지기를 기대한다.

〈이중언어 작가〉 학술회의에 도움을 주신 한양대 비교역사문화연구소 내외의 선생님들과 책의 집필과 출간을 기꺼이 수락해주신 필자 선생님들에게 깊이 감사드린다.

2014년 4월

이창남

차례

근대소설의 형성 과정과 언문일치의 문제

이광수 초기 단편소설을 중심으로

김효진

1. 다이글로시아의 주제화와 언문일치

'근대'는 '균질한 언어'라는 실체 혹은 표상 시스템의 구성 과정으로 파악할 수 있다. 한국의 근대소설이 형성되어온 방식을 살피고자 하는 이 글은, '소설'이 '언어 소외의 역사'에 깊이 연관된 글쓰기 형식이라는 점에 주목한다.[1] 새로운 단형 서사 양식이 출현하는 1890년대는 한국 근대문학의 기원(紀元)이라 할 수 있다.[2] 근대소설의 문체적 지표

---

[1] 이연숙은 '언어의 역사적인 소외성'에 대해 다음과 같이 말한다. "언어가 인간이 말하는 행위를 떠나서 존재하는 실체로 상상되는 것과, 언어가 문맥으로부터 임의로 추상될 수 있는 중성적인 도구라고 인식하는 것은, 동전의 앞뒷면의 관계를 이룬다고 할 수 있다. 이러한 측면에서 보면, 언어를 민족정신의 정수로 간주하는 언어 내셔널리즘과 언어를 어디까지나 커뮤니케이션의 수단으로만 생각하는 언어 도구관은, 동일한 언어 인식 시대의 쌍생아인 것이다. 이리하여 고도의 이데올로기성을 띠고 바야흐로 '언어'의 시대가 시작되는 것이다."(이연숙 지음, 고영진·임경화 옮김, 《국어라는 사상》, 소명출판, 2006, 16쪽)

[2] 김영민은 1890년대 이후 신문 논설란에 등장한 새로운 단형 서사 양식('서사적 논설')을 현실성, 문체, 매체, 작가와 독자의 관계의 측면에서 근대성을 지닌 서사 양식으로 파악하고, 문학사의 근대적 전환을 실증할 수 있는 자료로 주목한다. 김영

로 거론되는 '언문일치'의 개념은 이 시기 다이글로시아적 언어 상황이 부각되는 과정에서 발생한다.

'이중언어 상황'으로 번역되는 '다이글로시아(diglossia)'는 언어 사용의 계층적 분화 양상을 가리키는 용어다.[3] 따라서 다이글로시아는 특정 시기나 특정 지역에서 관찰되는 특수한 언어 상황이 아니다. 언어 활동의 장에서, 언어는 발화자가 속한 계층, 나아가 발화가 실현되는 사회적 맥락의 상이성에 따라 배치되게 마련이다. 따라서 주목해야 하는 부분은 오히려 다이글로시아가 문제적으로 포착되는 지점이라 할 수 있다. 기본적으로는 '통일성'에의 강제 혹은 지향이 있을 때, 다이글로시아는 주제화된다.[4]

1876년 병자수호조규를 기점으로 한국은 만국공법의 체제에 편입된다. 이 시기부터 일었던 '국문' 담론 역시, 복수적으로 존재하는 제국들에 비추어 '국가'라는 단위를 표상하려는 시도 중 하나로 볼 수 있

민, 〈한국문학사의 근대와 근대성-근대 초기 서사문학 양식의 근대성을 중심으로〉, 《20세기 한국문학의 반성과 쟁점》, 소명출판, 1999.

3 찰스 퍼거슨은 복수의 언어 변종(variety of language)으로 구성된 특정 언어권 내에서, 언어 사용 집단의 사회적 위상에 연동하는 'high variety'와 'low variety' 사이의 엄격한 기능 분화 현상에 주목하여, 이를 '다이글로시아'로 부른다(Charles A. Ferguson, "Diglossia"(1959), Pier Paolo Giglioli ed., *Language and Social Context*, Great Britain: Penguin Books, 1972, pp. 232~233 참조).

4 "Diglossia seems to be accepted and not regarded as a 'problem' by the community in which it is in force, until certain trends appear in community. These include trends toward (1) more widespread literacy (whether for economic, ideological or other reasons), (2) broader communication among different regional and social segments of community (e. g., for economic, administrative, military, or ideological reasons), (3) desire for a full-fledged standard 'national' language as an attribute of autonomy or of sovereignty." (*Ibid.*, p. 247)

다. '국문'이라는 단어가 부상하면서, 지배-피지배 계층에 따라 지속적으로 분화되어온 언어 상황은 타개해야 할 전근대의 속성으로 지목된다. '진서(眞書)'와 '언문(諺文)'이라는 위계 구도상의 단어는 '국문'을 통해 폐기될 구습(舊習)이라는 맥락에서 다시 의미를 부여받는다. 요컨대 언어 사용의 계층적 분화는 '국문'의 관념을 형성하고 보급하는 가운데 타개해야 할 현상으로 지목된다. 중요한 점은 다이글로시아가 '쓰기의 결과물'의 차원에 한정하여 '한문'과 '국문'의 대립적인 구도로 소집된다는 데에 있다.[5]

'문(文)'의 전통을 폐기하고 그로부터 단절되어야 한다는 요구가 발생하는 지점은 곧 '쓰기'의 차원에서 음성 발화가 고려의 대상으로 떠오를 수밖에 없는 지점이기도 하다. '한문'을 '한자'로 해체한다는 것, 다시 말해 '한자'를 '표의문자'로 명명할 수 있는 분류 체계가 활용된다는 것은 '청각 정보의 표기'로서의 '문자' 개념이 수용됨으로써 발생한 인식론적인 전환을 보여준다. 개별 화자의 음성 발화가 전제되지 않은 '쓰기'란 불가능한 것이 된다. '언문일치'의 이상은 여기에 토대를 두고 있다.

언문일치의 지향은 표기와 더불어 문법 원리의 정리를 통해 가시화된다. '말소리'를 '문자'로 베끼려는 것이나 (문장 단위에서) '말'을 '글'의 본으로 삼으려는 것은 '쓰기'를 '그대로 옮기는' 행위로 이해하는 방식이다.[6] 이때 '쓰기의 결과물'은 음성 언어의 재현(re-presentation)으로

---

5 더 상세한 논의는 김효진, 〈'국어' 글쓰기와 '국민문학'의 성립〉, 연세대학교 석사 학위 논문, 2011, 2장 1절 참조.

6 김병문은 '전사(轉寫)'의 개념이 '그대로 옮긴다'로 오해됨에 따라 '언문일치'의 문제성이 간과된다고 지적한 바 있다. "전사자(轉寫者)가 옮길 수 있는 '언어 사실'은 그가 어떤 전사 체계를 택했느냐에 따라 달라"지며, "어떤 전사 체계를 따르느냐

간주된다.[7] 즉 '말하기 차원의 언어'는 '쓰기'의 실천계를 구성하는 규칙 속에서, 파악 가능한 실체로 떠오르는 것이다. 언문일치가 그 규범적 속성을 발효함으로써만 의미를 갖게 되는 개념이라는 점은 이 때문에 중요하다. 약속된 '쓰기'는 '말하기 차원의 언어'를 정제하고 구획할 수 있는 대상으로 만들어낸다.

문법적 측면에 주목했을 때, 언문일치의 문체는 화자와 청자, 즉 인칭과 인칭 간의 관계 맺음에서 예기되는 이접적(異接的) 불안정성을 제거하는 데 목적이 있다. 그리고 무엇보다 그 문법적 표지에 근거하

에 따라 그가 기록할 수 있는 것과 기록할 수 없는 것의 한계가 정해지고 그에 따라 논의의 양상 역시 결정된다." 전사 체계는 '투명한 매개'가 될 수 없으며, 따라서 '언문일치체'는 "나름의 역사적 맥락과 사회적 효과를 가진 특수한 글쓰기 양식이자 문장의 규범"으로 이해되어야 하는 것이다(김병문,《언어적 근대의 기획: 주시경과 그의 시대》, 소명출판, 2013, 68~69쪽 참조).

7 'representation'의 어원인 라틴어 'repraesentatio'는 '다시(re-)' '현전케 하다(praesentatio)'로 풀이된다. '재현'은 이에 대한 번역어에 해당한다. 즉 '다시' 드러남을 의미하는 '재현'이라는 말에는 '실체'나 '본질'에 대한 믿음이 내포되어 있다. 한편 'repraesentatio'가 독일어 'vorstellung'을 경유할 때, 그것은 '앞에(vor-)' '세움(stellung)'으로 이해된다. 이는 의식의 문제, 즉 주체와 대상이 전제된다. '표상'은 '대상'의 측면을 가리키는 번역어라 할 수 있다(채운,《재현이란 무엇인가》, 그린비, 2009, 29~31쪽 참조). 한편 신지연은 '재현'과 '표상'을 "원본과 대리물을 바라보는 태도"의 차이에서 구별하며, '표상'이 '대리물로부터 원본을 볼 수 있다는 희망을 접을 때 선택될 수 있는 번역어'라는 점을 지적한다. 나아가 글쓰기의 관점에서, '재현'은 글을 투명한 매개체로 보는 관점에, '표상'은 그 가능성을 근본적으로 의심하는 태도에 매개되어 있다고 주장한다(신지연,《글쓰기라는 거울》, 소명출판, 2007, 27쪽 참조). 참고로 '근대'를 미디어, 즉 사회-커뮤니케이션 형태의 측면에서 표상 시스템의 변용 속에 파악하는 이효덕은 '재현'과 '표상'의 용례적 구별과는 거리를 둔다. 그는 '표상'이 "심적인 조작에 관련되는 면과 어떤 것의 대체물을 구체적으로 제시하는 물질적인 행위에 관련되는 면, 그렇게 두 가지 상에 걸쳐 존재하는 개념"이라는 점에 주목한다(이효덕 지음, 박성관 옮김,《표상 공간의 근대》, 소명출판, 2002, 19~20쪽 참조).

여, 독특한 의미화 체계를 구성하는 언술행위 영역이 바로 '소설'이다. "작가는 글을 씀으로써 스스로 발화하고, 그의 글 안에서는 개인들이 자신을 발화하게 만든다."[8] 근대소설에서의 '쓰기'는 환원 불가능한 발현체인 동시에 초개인적이고 집단 전체와 외연을 같이하는 언어의 역설적인 성격을 공유한다.[9] 이는 물론 언문일치체의 문법적 지표로 여겨지는 단순 과거와 3인칭 대명사가, '발화 기원 소거'로 소급될 문법적 기능을 운용하게 된 맥락과 깊은 연관을 가진다.[10] 그러나 한편으로 주목할 부분은, 이러한 문법의 활용이 관습화되었다는 점이다. 단순 과거와 3인칭 대명사는 그 자체로 특정한 사회적, 역사적 계기를 내포한 '소설'의 출현과 정착을 의미화할 수 있는 '기호'로 자리 잡는다.[11] 그것은 소설이 전개하는 복잡한 언술행위 구조를 '투명한 것'으

---

8 에밀 벵베니스트 지음, 김현권 옮김, 《일반언어학의 여러 문제 2》, 지식을만드는 지식, 2012, 156쪽.

9 위의 책, 170~171쪽.

10 벵베니스트는 '발화행위'와 '발화문'의 개념을 제기하고, '발화문'에서의 특정 어휘나 문법적 표지에서 '발화 기원(instance de l'énonciation)'이 드러남을 지적한 바 있다. 이에 기대어 김병문은 한국어의 경우, 발화 기원에 대한 정보를 "시상이나 법, 상대높임법, 서법 등의 문법 범주를 통해" 얻을 수 있음을 보여준다. 그는 한국에서의 언문일치체에서 관찰되는 종결 표현의 변화 양상, 즉 '-더라'에서 '-었다'로의 변화에 주목하여, 근대적 문체가 발화 기원에 대한 정보를 삭제, 소거하거나 모호하게 만드는 방향으로 나아갔으며, 이는 자립적 발화문의 성립과 관련된 것이라 주장한다(김병문, 〈발화 기원 소거로서의 언문일치체의 의미에 관하여〉, 《사회언어학》 16권 2호, 2008, 88~93쪽 참조). 그는 '-더라'와 '-었다'가 양태나 시상 등을 나타내는 선어말어미('-더-', '-었-')와 종결어미('-라', '-다')로 분석되므로, 결합된 형식을 분석 단위로 설정하여 종결 표현이라 지칭한다. 분석의 실질적인 초점은 '-더-'에서 '-었-'으로의 선어말어미의 변화에 맞추어져 있는데, 이는 '-라'와 '-다'가 선어말어미에 따라 자동적으로 선택되는 동일한 형태소의 변이형에 해당하기 때문이다(위의 글, 85쪽).

11 "소설을, 다시 말해 기호들의 복합체를 어떤 지속의 초월이자 고유한 이야기로 강

로 간주하도록 만들며, 약속된 소통(혹은 소비)의 양식으로 규정한다. 때문에 문학과 그 하위 범주로서의 소설을 제도화하는 도정은 언문일치체의 문법적 표지, 그 이중 규약적인 소설적 기호의 역사를 들여다봄으로써 다시 살펴봐야 하는 것이다.

"소설을 쓰는 데 한 큰 문제는 우리말에는 없는 He며 She의 대명사 문제였소." "표현에 있어서, 동사의 과거사화도 어려운 문제의 하나였소."[12] 한국 근대소설의 문체적 지표로 3인칭 대명사 '그'와 과거형 종결 표현 '-었다'를 상정하는 데 있어, 새로운 '서사문체'에 대해 이루어진 김동인의 단언적이고 의식적인 진술은 자주 인용된다.[13] 이러한 상징적 발언은, 문체를 소설의 구성 요소로서만 파악하는 태도를 야기할 수 있다는 점에서 문제가 있다. 또한 '일본어로 구성하고 조선어로 썼다'는 회고와 함께, '조선말에 없는' 소설의 문체를 고안하는 방법으로 제시된 '번역' 역시 작가 개인의 창작 방법론으로 초점화되어 충분히 다루어지지 못할 위험이 있다. 문체의 번역은, 문체가 소설을 구성할

제하는 것은 사회이다. 따라서 예술의 전적인 엄숙함을 통해서 작가를 사회와 연결시키는 그 협약을 우리가 알아보는 것은 분명 사회의 의도, 소설적 기호들의 투명성을 통해 파악된 그 의도로부터이다. 소설의 단순과거와 3인칭은 작가가 자신이 쓰고 있는 마스크를 손가락으로 가리키는 그 숙명적 몸짓에 다름 아니다. 모든 문학은 'Larvatus prodeo,' 나는 손가락으로 내 마스크를 지시하면서 나아간다라고 말할 수 있다."(롤랑 바르트 지음, 김웅권 옮김, 《글쓰기의 영도》, 동문선, 2007, 39~40쪽)

12 김동인, 〈망국일기〉, 김치홍 편, 《김동인 평론전집》, 삼영사, 1984, 518쪽.

13 "六堂이 시작하여 春園이 (不徹底하나마) 努力하든 길은 우리의 손으로 마츰내 完成되엇다 아즉 만히 남어 잇든 文法體 文章은 우리의 손으로 마츰내 完全히 口語體로 변하엿다 「그」라 하는 代名詞는 H2〔e〕와 She와 마찬가지로 普遍的으로 使用하게 되엇다 (……) 不完全 口語體에서 徹底的 口語體로- 同時에 가장 귀하고 우리가 가장 자랑하고 시푼 것은 叙事文體에 대한 一大 改革이다." (김동인, 〈朝鮮近代小說考(十一)〉, 《조선일보》, 1929년 8월 11일) 〔 〕는 인용자.

뿐 아니라 규정하는 기호가 된 사건성에 주목함으로써 다시 숙고되어야 한다. 이 작업은 매 순간 실현되는 음성 발화의 고유성에 근간하면서도 그 복수성을 배반하는 방식으로 단일한 언어적 귀속처를 표상하는 '언문일치'에의 지향을 상대화할 수 있는 지점을 마련할 것이다.

언문일치의 이념과 한국 근대소설의 형성 과정을 상호 관련된 것으로 규정하고, 그처럼 연관된 형상으로부터 문제성을 드러내고자 하는 이 글은 이광수의 초기 단편소설을 대상으로 삼는다. 문학의 가치 및 자격에 대한 그의 주장과 소설 '쓰기'는 일본 유학 경험에 바탕을 두고 이루어진다. 일본에서는 1880년대 후반부터 언문일치의 문제가 활발히 논의된다. 이광수가 유학했던 1910년 전후는, 그 구체적인 문체의 형태가 소설의 성격 및 방법론과 직결된 것으로 간주되어, 실험되던 시기이기도 하다.[14]

이광수 역시 1909년에 발표한 〈사랑인가(愛か)〉에서 일본어 언문일치체 문법을 따르고 있다. 그에게 '소설'과 그 소설적 '기호'는, 언문일

---

14 종결어미의 측면에서 언문일치체 소설을 실험한 대표적인 예로 야마다 비묘(山田美妙, 1868~1910)의 '-です'·'-ます', 오자키 고요(尾崎紅葉, 1867~1903)의 '-である', 후타바테이 시메이(二葉亭四迷, 1864~1909)의 '-た' 등을 들 수 있다. 이효덕은 "근대문체(언문일치체)의 목표가 무엇보다도 표현 대상이 독자에게 직접적으로 재-현전화되는 것, 즉 매개 언어의 존재성이 무화되고 투명해지는 것"에 있었음을 주장하면서, "근대문체라는 차원에서 보았을 때" 주목할 두 문체로 화자의 중성화를 꾀하기에 적합한 '-である'와 '-た'를 꼽는다. 두 종결어미는 인식론적인 측면이 아니라 심미적인 측면에서 고유한 '포에지'를 담당하는 것으로 이율배반적인 관계가 아님을 언급한 바 있다(이효덕, 앞의 책, 112~121쪽 참고). 한편 3인칭 고백담론의 성립을 소설의 묘사 기법과 관련하여 살핀 안영희는 다야마 가타이(田山花袋, 1872~1930)와 이와노 호메이(岩野泡鳴, 1873~1920) 소설의 문체 분석을 통해, (he, she의 번역어인) 3인칭 대명사 '彼'가 묘사론과의 연계 속에서 의식적으로 실험되고 있었음을 드러낸 바 있다(안영희, 《한일 근대소설의 문체 성립》, 소명출판, 2011, 97~104쪽 참고).

치가 요구되고 '국어'라는 표상 체계가 구축되는 선택(또는 배제)의 과정에서 포착된다. 그리고 이러한 발견에는 '외국어'인 일본어가 매개되어 있다. 한국의 근대소설과 언문일치체의 문법적 표지는 '번역'을 경유하여, 즉 서로 다른 언어(담론) 체계를 조정하는 가운데 형성된다.

다음에서는 〈愛か〉를 이광수의 소설 쓰기가 시도된 첫 장면으로 삼아 초기 단편소설의 형식과 문체를 다시 조망해봄으로써, 언문일치의 번역과 그 메커니즘에 내포된 문제적 지점을 드러내고자 한다.

2. 유학생의 시선과 논설의 지평

1881년의 신사유람단 파견으로 시작된 한국인의 일본 유학은 주로 관 주도의 형식으로 이루어진다. 유학은 문명론의 자장 속에 대한제국을 편입시키는 하나의 직접적인 방법이 된다. 일진회와 학부의 지원을 통해 실현된 이광수의 일본 유학도 기본적으로 이러한 맥락에 놓인다.[15] 그런데 1905년 8월부터 1910년 3월에 이르는, 그의 도쿄 유학 시기는 일본에서 한국이 '식민'의 대상으로 떠오르던 때이기도 하다. 러일전쟁 이후 일본에서는 메이지 초기부터 지속되어온 문명지도론의 연장선상에서 한국에 대한 식민화론이 제기된다. 정치, 경제를 비

---

15 1905년 8월, 이광수는 일진회로부터 학비를 지원받아 도카이의숙에 들어간다. 그 곳에서 일본어를 배우며 중학교 입학을 준비하던 그는 이듬해 다이세이중학에 진학한다. 그러나 같은 해 7월, 일진회의 내분으로 학비 지원이 중단되고 만다. 어쩔 수 없이 이광수는 1학기만을 마친 채 귀국하게 된다. 그가 다시 일본으로 건너간 것은 학부의 지원을 받게 된 1907년의 일이다. 이광수는 그해 가을에 메이지학원 보통부 3학년 2학기로 편입하여, 1910년 3월에 졸업한다(하타노 세츠코 지음, 최 주한 옮김, 《일본 유학생 작가 연구》, 소명출판, 2011, 47~50쪽 참고).

롯한 생활 양식 전반에 걸쳐 한국의 낙후성이 정형화되고, '지도'의 방식이 '식민'으로 구체화된 것이다.[16]

범인류적 지향으로 상정된 '문명'의 근본 이념이 발전과 진보에 있었던바, 그 규범적 성격은 계발의 대상을 탐사하는 행위로 구현되기에 이른다. 등질적인 양으로 시간을 객체화하고 거기에 직진의 운동성을 부여하는, 세계를 향해 개시된 새로운 시야 속에서, 미지의 지역은 비로소 발견된다.[17] 이광수가 식민본국으로 부상하는 일본, 그 중심에 해당하는 도쿄에서 학창시절을 경험한 것은 이 때문에 문제적이다. 그는 '한국 유학생 이보경'이라는 신분으로 학교 교육에 편입되어 제도화된 '성장'을 겪는다. 그 성장의 경험을 조선반도에 전달하는 '매개'로서의 역할이 유학생에게 기대된 것이다. 귀국 이후를 조건 삼아 설정된 유학의 목표에는, 학습된 문명의 언어와 질서 속에서 이루어진 현실 인식이 수반되게 마련이다. 거기에는 보편적 지식으로 구상된 세계의 일부, '식민지'로 포착될 수밖에 없는 '한국'이 포함된다.

그렇기에 한국 유학생 이보경에게 자기동일성의 귀속처는 국가의 경계 밖으로 밀려나게 된다. 대한제국에서 유학은 만국공법 체제로의 합류를 표방하는 외교 방식의 하나로 생겨난 것이다. 국가야말로 유학을 가능케 한 실질적인 조건이라 할 수 있다. 그러나 러일전쟁이 끝나갈 무렵부터 한일병합이 임박한 시기에 걸친 도쿄 유학 기간 동안, 한국 유학생이라는 기표는 위태로워진다.

---

16 함동주, 〈러일전쟁 직후 일본의 한국식민론과 문명〉, 이화여대 한국문화연구원, 《근대계몽기 지식의 발견과 사유 지평의 확대》, 소명출판, 2006, 278~288쪽 참조.
17 마키 유스케 지음, 최정옥 옮김, 《시간의 비교사회학》, 소명출판, 2004, 151~152쪽 참조.

今日 我韓 靑年은 他國이나 他 時代의 靑年과는, 그 할 바 職分이 다르니, 他國이나 他 時代의 靑年으로 말하면 그 先祖와 父老의 하여노은 것을 繼承하야 保全 發達함이 職分이려니와, 今日 우리들 靑年으로 말하면 不然하야, 하여노은 것 업난 空漠한 곳에 各種을 創造함이 職分이라. (……) 우리들이 如斯한 境遇에 處하게 된 것이 幸인지 不幸인지는 姑舍 勿論하고, 웃더하던지, 우리는 이 境遇에ㅅ 할 일을 하여야 하리라, 再言컨댄, 우리들은 現實에 잇스니, 現實에서 할 일을 講究함이 우리들의 맛당히 할 일이며 現實에서 할 일을 함은 우리들의 맛당히 할 일이니, 이럼으로 余는 余의 自覺한바, 今日 我韓 靑年의 境遇와 할 일을 말함이로라. (……) 우리들 靑年의 境遇가 이믜 이러하거니〔와〕, 이를 自覺지 못하고, 한갓, 우리들 靑年의 修養을 父老·社會·學校 等에만 全然히 맛기고.〔,〕 다만, 그들의 敎導만 바라고서 自修自養치 안이하면 우리들 靑年의 夢裡에도 恒常 생각하고 바라고 사모하난 大皇祖의 理想 發現—新 大韓 建設이란 理想은 한 空想으로 되고 말ㅅ지며, 싸로혀, 우리 民族은 永遠히 史上에 劣敗 民族의 列에 參與할ㅅ지니, 우리들 靑年이 自己의 境遇가 이러한 줄을 自覺하고 안이하난 것은, 곳, 朝鮮民族이 榮하고 枯하난 境界리로다.[18]

'今日 我韓 靑年의 境遇와 할 일'을 밝히는 이 글에서, 무엇보다 강조되는 것은 '現實'이다. 이광수가 '自覺'한 현실은 '他國', '他 時代'와의 '差異', 바로 이 지점에서 의미를 가진다. 그는 현금 한국의 '父老·社會·學校'에 대해, "完全히 우리를 敎導할 만한 資格이 업슴은 밝은 事實"이라 단언한다. 문명사회를 향한 인류의 보편적 지향과 '금일 아한'의

---

18 孤舟, 〈今日 我韓 靑年의 境遇〉, 《少年》 3년 6권, 1910년 6월, 26~28쪽. 이하 이광수의 글을 인용할 때에는 원문의 표기를 그대로 옮기되, 띄어쓰기는 현대 맞춤법 규정에 따라 바꾼다.

'간극'을 발견하는 그 시각으로, 이광수는 고국을 청년이 성장할 수 없는 곳으로 포착하고 있다. '自修自養'을 통한 청년의 성장이야말로 '新大韓'을 건설하여 문명의 궤도로 진입할 수 있는 통로로 상정된다.

주목할 부분은 '신 대한'이라는 단어가 사용되는 맥락이다. '新 大韓 建設'이라는 '理想'은 '大皇祖〔단군〕의 理想'과 등가를 이루며, '朝鮮民族'의 운명과 결부된다. 문명론이 개시한 국제체제 속에서, 타국들과 병렬될 수 있는 '대한'의 국가적 범주는 더 이상 유효하지 않다. '조선민족'이라는 새로운 의미 층위에서 비로소 '신 대한 건설'은 '空想'이 아닌 '理想'이 될 수 있는 것이다. 이상을 근거 지우는 현실은, 아한과 조선민족이 서로 다른 의미 범주에 있음을 인지하면서, 아한을 조선민족으로 대체하는 가운데 구성된다. 요컨대 "우리들은 現實에 잇다"는 그의 언설은, 실존을 허구의 차원에 소집된 자기동일성의 좌표에 투사하는 선언에 가깝다. '민족'은 청년과 함께 '문명'이라는 성장 서사 속으로 틈입할 수 있는, 운명 공동체로 상정된다. 그리고 이로써 "余가 日本에 잇슬 쌔에 日本人들이 余를 朝鮮人이라고 稱呼하면 余는 侮辱을 밧난 것갓히 不快하고, 韓人이라 하면 優待를 밧난 것갓히 快足하더라"[19]는 한국 유학생 이보경의 경험은 마침내 이야기될 수 있는, 기억이 된다.

이광수가 경험한 도쿄 유학의 성격을 되짚어보고, 이 시기에 형성된

---

19 孤舟, 〈朝鮮싸람인 靑年들에게〉, 《少年》 3년 8권, 1910년 8월, 30쪽; "大抵 우리의 大皇祖 檀君쯰옵서 이 無窮花 世界에 처음 國家를 세우실 쌔 그째엣 國名이 무엇이더냐, 朝鮮이러니라. 이리하야 우리 民族은 다른 民族들이 아직 野蠻의 狀態에 잇서 일홈도 업던 四千二百四十三年 前부터 朝鮮民族이라는 일홈을 가졋섯도다. 國家의 名稱은 비록 千으로 變하고, 萬으로 變한다 하더라도 朝鮮民族이란 일홈은 永劫無窮히 變치 아니하리라, 變하랴고도 하지 아닐 것이오, 설혹 變하고져 하야도 엇지 못할 것이니라. 朝鮮民族이란 일홈, 實로 우리 民族에게는 情답고 榮譽로은 일홈이니라." (위의 글, 같은 쪽)

한국 유학생으로서의 정체성을 살펴보는 것은 그의 문학적 특성으로 지목되는 계몽적 태도를 설명하는 하나의 방법이 된다. 그리고 귀국 시기에 즈음하여 이광수가 발표한 단편소설 〈무정(無情)〉은 '유학생'이라는 특수한 위치에서 붙들리는 한국의 '현실'과, 그것이 소설 형식으로 처리되는 최초의 장면을 보여준다는 점에서 주목할 만하다.

> 「네, 이놈, 얼마나 잘 사나 보쟈!」 하고 瓶에 너은 藥을 꿀걱꿀걱 마시고 입을 졉々 다시면셔 瓶을 늬여 던딘다. 길게 한숨 딥고 누으면서, / 「그럴 쎄가 워 이슬고? 그럴 쎄가 워 이슬고? 이놈 어듸 얼마나 잘 사나보쟈, 늬가 죽어셔 鬼神만 되얏단 보아라, 그제, 쿨을 가지구 와서, 그년, 그놈을 이러케……」 팔노 디르는 形容을 하면서, / 「아이고, 어머니, 난 죽노라!」 하고 빗앗는 드시 우넌다. 두-슘이나 먹은 거슬 긔우이 動脈, 毛細管을 조차, 各 器官과, 細胞에 펴디니, 心臟의 機能도 漸々 鈍흐게 되고, 呼吸도 困難ᄒ여디며 全身에 虛汗만 소는다. 精神도 次々 朦朧ᄒ게 되야 作用이 漸々 單純ᄒ야지면서 怨望과 肉身의 苦痛밧게 感應티 안이ᄒ드라. 처음에는 「이제 죽기씨」ᄒ고, 눈을 감고 가만히 누엇더니, 바르고, 바른 죽음은 안이 오고, 오는 거슨 苦痛쑌이라. 苦痛이란 놈은 우리의 一生을 안쇼 돌다가 그것도 오히려 不足ᄒ디 죽을 쌔 一瞬時에 늠은 苦痛 全體가 우리의 肉體와 精神을 싸는 거시라. 可憐헌 이 婦人은 只今, 殘酷, 無情, 沈痛ᄒ 苦痛에 싸와 「아이고 빗야, 이놈!」 ᄒ는 소리로 이거슬 버서나려 하디도 못하고 부엄의 입에 물닌 토씨와 가티 「苦痛」의 하른 되로만 하고 목슘 슫어디기만 기다리는도다.[20]

---

20 孤舟, 〈無情〉, 《大韓興學報》 11호, 1910년 3월, 41쪽.

단편 〈무정〉은 (독립된) 두 부분으로 구성되어 있다. 전반부에는 이름 모를 부인이 독약을 마시고 자살하는 장면이 나온다. 병에 든 독을 털어넣은 부인은 예상치 못한 고통에 "아이고 빅야!" 하는 비명을 내지른다. 부인의 비명과 부인의 고통을, 화자는 음독에 의한 신체적 반응의 한 양상으로 치환한다. 독이 동맥과 모세혈관을 따라 각 기관과 세포에 도달하면서 심장의 기능은 둔해지고 호흡은 가빠지며 식은땀이 흐르고 의식은 흐려진다. 이는 "이제 죽기씨" 하고 자리에 누운 부인으로서는 알 수 없는 것이다. '이 婦人'이 화자에게 '可憐'한 까닭은 여기에 있다. 부인은 무지하다. 삶에 주어진 고통은 죽는 순간까지 남아 있다가, 죽음에 다다를 때 육체와 정신을 일시에 습격한다. 귀신이 되어 서방과 첩에게 복수를 하겠다는 각오와 함께 죽을 결심을 한 부인에게 이러한 고통은 낯선 것일 뿐이다.

〈무정〉의 후반부는 "아이고 빅야, 이놈! 하든 소리는 空氣에 波動을 作ᄒ야 어딕신지나 펴젓는지 只至은[는] 아모ㅅ 소리도 없고 음즈김도 읍는 生命 업는 一物體로다"[21]라는 문장으로 시작한다. 후반부에서 화자는 부인의 정체와 그가 자살에 이르게 된 경위를 밝힌다. 요컨대 부인의 생명이 사라진 후에야 부인의 자살은 서사적 맥락을 부여받는 것이다. 화자는 부인의 이름을 말하지 않는다. 부인은 "松林 韓座首의 子婦", "同郡 某 齋長의 獨女", "韓明俊의 안히"[22]에 상응한다. 이는 "外界 卽 社會의 影響이라고는 其 家庭과 親戚의 狀態, 言語, 行動 等의 디나디 못ᄒ난 單純혼 부인이라, 卽 韓國 模型的 부인이라"[23]는 소개와 맞물린다. 화자는 '부인'이라는 일반명사를 지시적으로 사

---

21 위의 글, 43쪽. 원문의 방점 강조를 고딕 서체로 대신함.

22 孤舟, 〈無情(續)〉, 《大韓興學報》 12호, 1910년 4월, 47쪽.

23 孤舟, 〈無情〉, 43쪽.

용한다. 지시어로서 '부인'은 당대 한국의 모형에 겨냥되어 있다. 그 단어의 의미는 청자(독자)가 화자의 발화 맥락, 즉 의도를 고려할 때에 야 비로소 파악된다. 고유명 없이 "그저「무던흔 사름」"에 지나지 않 는 부인의 삶은 한국의 현실을 구성하는 하나의 양식으로 선택된 것이 다. 부인을 '생명 없는 일 물체'로 포착하는 데에서, 〈무정〉은 그 의미 론적 맥락을 형성한다.

〈무정〉에는 "此篇은 事實을 敷衍흔 것이니 맛당히 長篇의 材料로 딕 學報에 揭載키 爲흐야 梗槪만 書흔 것"[24]이라는 작가의 말이 부기 되어 있다. 이광수가 소설의 재료로 '사실'에 천착했다는 점과, 이를 '장편'에 적당한 것으로 파악했다는 점을 확인할 수 있다. 〈무정〉을 통 해 제시된 사실은 "6월 중순 박천 송림에서, 한 여인이 배 속의 아이가 딸이라는 무녀의 말을 듣고 음독자살했다"는 사건의 전말에 해당한 다. 여기에서 구상한 장편은 상당한 서사적 공백을 예기하게 된다. 이 광수는 "銷閑遺悶의 娛樂的 文字에 不過"[25]했던 지난날의 문학과 변별 되는 지점에서, "人生의 行路를 硏究흐며 人生의 情的 (卽 心理上) 狀態 及 變遷를〔을〕攷究"하는 "今日의 文學"을 주장한 바 있다. '젊은 부인의 자살'이라는 자극적 소재를 무정한 세태가 야기한 결과로서의 사실로 포착하고, 변화를 촉구하는 문제 제기의 원점으로 가공한 점에 서 〈무정〉은 '금일의 문학'에 속하게 된다. 달리 말해, 이러한 논설의 지평을 끌어들임으로써 새로운 소설의 서사가 비로소 상정될 수 있는 것이다.

위와 비슷한 맥락의 언급을 〈무정〉에 이어 발표된 〈헌신자(獻身

---

24 孤舟, 〈無情(續)〉, 53쪽.
25 李寶鏡, 〈文學의 價値〉, 《大韓興學報》11호, 1910년 3월, 17쪽.

者)〉에서도 발견할 수 있다. 소설을 끝맺으며 이광수는 "이는 事實이오. 다만 人名은 變稱. 이것은 한 長篇을 맨들 만한 材料인데 업슨 才操로 쏠 못 된 短篇으로 만드럿스니 主人公의 人格이 아조 不完全케 나타낫슬 것은 母論이오"[26]라고 덧붙인다. 이처럼 "寫實 小說"[27]을 표방한 〈헌신자〉에 이르러 이광수는 〈무정〉에서와는 달리, '주인공의 인격', 즉 소설 속 인물(character)에 관심을 드러낸다.

> 나는 이 사람의 歷史를 말하기를 大端히 조와하난 자오. 내가 이러케 말하니까 讀者 諸氏는 내가 그의 親戚이라든지, 은혜를 닙은 者라든지, 쏘 그러치 아니면 마음과 主義가 갓흔 者라든지도 생각하시겟지오, 마는 나는 그를 안 것이 昨年이오, 싸로혀 그의게 진 恩惠도 업고 쏘 나와 그와는 한가로히 안자서 心肝을 吐露하야본 적도 업스니, 仔細히 그의 마음이나 主義를 直接으로 알 수는 업서 그러나 나는 그의 드러난 마음과 事蹟으로 능히 그의 마음과 主義의 大部分을 아난 者로 自認하오. 내가 이러케 아난 것이 萬一 올코만 보면 그와 나와는 마음도 달고 主義도 달은 사람이야. 그러면 그가 學問이나 넉넉한가 文閥이나 貴한가 왜 너는 그의 歷史를 말하기를 조아하난고 하고 疑心하난 이도 잇스리이다마는 아니오 그럿치도 아니하오.[28]

〈헌신자〉에서 화자의 초점은 '김광호'라는 인물에게 맞추어져 있다. 소설은 학교 사무실에 병석을 깔고 누운 김광호와 시험을 앞두고도 그의 병세를 초조하게 지켜보는 학생들의 모습을 전달하며 시작한다.

---

26 孤舟,〈獻身者〉,《少年》3년 8권, 1910년 8월, 58쪽.
27 위의 글, 51쪽.
28 위의 글, 53쪽.

흥미로운 점은 '나'로 표지되는 화자가 소설 속에 위치한다는 점이다. 그러나 '나'는 작중 인물로서의 성격을 충분히 부여받지 못했다. '나'의 역할은 소설 〈헌신자〉의 배경을, "여긔는 平安道 어늬 地方, 私立學校 事務室",[29] "方今 試驗 中이라, 一刻이 三秋 같은 이때에"로 개시되는 화자의 현존에 매개하는 데 한정되어 있다. 그리고 이러한 메커니즘 에 의해 "主人公", '김광호'는 "그"라고 지칭된다. '김광호'라는 고유명 에 앞서 제시된 인용문에서의 '그'라는 표현은 엄밀히 말해, 인칭대명 사로 볼 수 없다. '그'는 '김광호'를 의미하지 않는다. 독자는 '나'에 의 해 지시된 '그'를 통해, '화자'가 열어놓은 발화 현장과 관계 맺고 있음 을 확인할 뿐이다. 그렇기에 여기서의 '그'는 근칭의 지시대명사 '이'와 혼용될 수 있는 성격을 가진다.[30]

〈헌신자〉의 서사는 "이 사람의 歷史를 말하기를 大端히 조와하난" '나'의 이야기에 해당한다. 소설의 주제적 핵심은 '화자=나'의 발화행 위가 초래하는 수행적 결과에 긴박되어 있다. '나'의 이야기를 통해 '김 광호'의 삶이 전달될 때, '화자'는 '그것이 헌신자적인 성격을 가진다' 는 진리치의 문제를 노골적으로 제기하기 때문이다. "왜 너는 그의 歷 史를 말하기를 조아하난고"라는 "疑心"을 해소하는 것은 중요하다. 이 의문은 곧 '김광호'라는 인물을 헌신자로 규정하는 근거, 나아가 '화자' 와 동일시되는 '나'의 진정성을 향한다. '나'는 "마음"을 '안다'고 표현한

---

29 위의 글, 51쪽.
30 "이것이 곳 이가 教育事業에 獻身하던 初頭오."; "또 所謂 兩班들은 이가 校生인 것을 거리로 百般 沮戲를 다 하얏소."; "이는 미욱다고도 할 만콤 固執이 굿센 것 이오. 이럼으로 이는 그 가운데서도 能히 처음 마음을 직혀가고 또 이를 드러내일 수가 잇는 것이오. 만일 이가 이 말에도 귀를 기웃 저 말에도 귀를 기웃 밧삭해도 踏踏하난 이엿던들 아마도 몃 날이 못 하야서 거꾸러젓슬 것이오." (위의 글, 56 쪽)

다. 거기에는 여타의 가치 판단 기준이 배제되어 있다. "이의 마음을 아난 이는 누구든지 이를 重히 녁이며",[31] "모다 이를 사모하고 사랑하난 것"이라는 데에서 드러나듯이, '나'는 '너(청자)'의 의심에 항변한다. 이 동일성의 범주에서 의심을 해소하고 독자를 포섭하는 것이야말로 소설 〈헌신자〉의 의미 맥락이 온전히 발현되기 위한 요건이다.

3. 언문일치체의 번역과 고백의 문제

이광수가 1차 도쿄 유학을 마치고 귀국한 후, 처음으로 발표한 〈무정〉과 〈헌신자〉에서는 계몽적 태도가 유학생이라는 자의식과 결부되어 있는 메커니즘이 여실히 드러난다. '정(情)적 상태'로 결집된 동일성의 자장 아래 새로운 소설을 구상하는 일은, '한국'이라는 국가의 경계 밖에서 자신의 위치를 발견한 경험을 바탕으로 한다. 한편으로 주목할 점은, 이광수가 〈무정〉과 〈헌신자〉를 장편의 미달태이자 실패한 단편으로 지목한다는 점이다. 사실을 제재(題材)로 삼을 때, 장편이 예기된다는 점으로부터 이광수가 장편을 하나의 장르적 인식 속에 파악했는지의 여부는 가늠하기 어렵다. 그러나 분명한 것은 그가 완결된 소설의 요건으로 성격의 완전한 구현을 꼽고 있다는 점이다. 이와 더불어 〈무정〉과 〈헌신자〉에서는 새로운 소설을 틀 지우는 서술 기법이나 소설 문체 역시 실험되고 있다. 이광수의 유학 경험이 그의 문학적 탐구에 미친 영향은 이러한 형식적 측면에서도 검토되어야 한다. 이광수의 소설 쓰기가 일본어를 고려함으로써 시작되었다는 사실이

---

31 위의 글, 58쪽.

시사하는 바는 이와 관련된다.

　1909년 말, 이광수는 메이지학원 동창회보인 《백금학보(白金學報)》에 〈愛か〉를 발표한다. 소설의 제목 아래에는 저자가 '韓國留學生 李寶鏡'으로 밝혀져 있다. 이때 '한국 유학생'이라는 수식어는 소설의 주인공인 '文吉(ぶんきち)'[32]에까지 벋어진다. 'ぶんきち(분키치)'로 음독된 이름 '文吉', 이것은 일본어 소설에 표상된 한국 유학생의 분열된 위치를 가늠케 하는 표지다. 분열은 아직 '문예'라는 것이 없는 한국과 일본 문단의 거리, 유학 중인 현재와 귀국해야 할 장래의 낙차에 기인한다.[33] 그 사이에서 소설 쓰기의 행위, 발화의 위치를 고민하는 한국 유학생 이보경의 처지가 '문길'로 돌아갈 수 없는 'ぶんきち'의 성격으로 드러난다.

　소설 〈愛か〉는 귀국을 하루 앞둔 밤, '文吉'가[34] 사랑하는 '操(みさお)'를 찾아갔다가 결국 만나지 못한 절망감에 철도 자살을 결심하는 이야기를 그리고 있다. 서사는 단순하고, 결말은 극단적이다. 그럼에도 이 소설은 극적 긴장을 유지하면서, '그럴법하게' 전개된다. 다음 날이면 귀국해야만 한다는 사실에서 비롯하는 초조함과 압박감이 '文吉'의 심리를 관통하고 있으며, 이러한 '文吉'의 심리에 서사의 시공간적 배경이 결박되어 있는 까닭이다.

32　원문에서는 ( ) 속의 히라가나가 요미가나로 제시되어 있다.

33　"전차ㅅ 속에서 나는 文學者가 될가, 된다 하면 엇지나 될는고 조선에는 아직 文藝라는 것이 업는데, 日本文壇에서 그를 들고 나설가-이런 생각을 하엿다." (春園, 〈十八歲 少年이 東京에서 한 日記〉, 《朝鮮文壇》 7호, 1925년 4월, 6쪽). 이는 1910년 1월 12일자에 기술된 내용이다.

34　이후 '文吉'는 'ぶんきち'의 한자 표기에 해당한다.

32 이중언어 작가

文吉は操を渋谷に訪ふた。(……) 戸を叩かうか、叩いたら屹度開けて
呉れるには相違ない。併し<u>彼</u>は此の事をなすことが出來なかつた。<u>彼</u>
は木像の様に息を凝らして突立つて居る。何故だろう？何故<u>彼</u>は遙々
友を訪問して戸を叩くことが出來ないのだろう？叩いたらと云つて咎め
られるのでもなければ<u>彼</u>が叩かうとする手を止めるのでもない、只<u>彼</u>
は叩く勇気がないのである。あゝ<u>彼</u>は今明日の試驗準備に餘念ないの
であらう。<u>彼</u>は吾が今此處に立て居ると云ふことは夢想しないのであ
らう。<u>彼</u>と<u>吾</u>と唯二重の壁に隔れて萬里の外の思をするのである。
あゝ何しよう、折角の望も喜も春の雪と消え失せて了つた。あゝ此
の儘此處を辭せねばならぬのか。<u>彼</u>の胸には失望と苦痛とが沸き立つ
た。(文吉는 操를 만나러 시부야로 갔다. (……) 문을 두드릴까, 두드리
면 문을 열어줄 것에는 틀림없다. 그러나 <u>그</u>는 이것을 할 수 없었다. <u>그</u>
는 목각 인형마냥 우두커니 서 있다. 어째서일까? 어째서 <u>그</u>는 멀리서부
터 벗을 방문하고는 문을 두드릴 수 없는 것일까? 두드린다고 해서 혼이
나는 것도 <u>그가</u>〔의〕두드리려는 손을 〔누가〕말리는 것도 아니다, 단지
<u>그</u>는 두드릴 용기가 없는 것이다. 아아 <u>그</u>는 지금 내일 있을 시험 준비에
여념이 없을 것이다. <u>그</u>는 내가 지금 여기에 서 있다는 것은 꿈에도 모를
것이다. <u>그</u>와 나는 그저 이중의 벽을 사이에 두고 만리 밖의 생각을 하는
것이다. 아아 어떻게 하나, 모처럼의 희망도 기쁨도 봄의 눈처럼 사라져
버렸다. 아아 이대로 여기를 떠나지 않으면 안 되는 것일까. <u>그</u>의 가슴에
는 실망과 고통이 끓어올랐다.)[35]

---

35 李寶鏡,〈愛か〉,《白金學報》19호, 1909년 12월, 36頁(大村益夫·布袋敏博 編,《近
　　代朝鮮文學日本語作品集 創作編 1》, 錄蔭書房, 2004, 14頁). 번역과 밑줄은 인용자.

가까스로 '操'의 집 대문에 들어선 '文吉'는 차마 현관까지 다가서지 못하고 주저한다. 이 장면을 묘사하는 화자의 초점은 '文吉'에게 맞추어져 있다. 주목할 부분은 인용부호 없이 '文吉'의 독백이 등장하는 지점이다. "文吉は操を渋谷に訪ふた(분키치는 미사오를 만나러 시부야로 갔다)"[36]라는 소설의 첫 문장 이후, '彼(그)'는 '文吉'에 대응하는 3인칭 대명사로 사용된다. 그러나 "只彼は叩く勇気がないのである(단지 그는 두드릴 용기가 없는 것이다)"에 연이은 문장 "あ＼彼は今明日の試験準備に餘念ないのであらう(아아 그는 지금 내일 있을 시험 준비에 여념이 없을 것이다)"에서, 청자(즉 독자)는 알 수 없는 '彼'와 마주친다. 이때의 '彼'는 '文吉'라는 발화 주체에 의해서만 지시된다. 그리고 이 원칭의 지시대명사를 통해 '吾(나)'가 드러날 수 있는 자리가 마련된다.

'吾'가 지시한 '彼'에 '操'라는 의미를 부여하기 위해서는 또 다른 발화 주체, 즉 '화자'를 고려해야 한다. 문제는 '吾'에 의해 개시된 '今(지금)', '此處(여기)'에 있다. '지금 여기를 떠나야 한다'는 '文吉'의 심리는 다시 '彼'의 '실망과 고통'으로 바꾸어 말해진다. 즉 '文吉'의 '지금', '여기'는 화자의 '지금', '여기'와 의미가 중첩된다. '지금', '여기'라는 언어적 표지는 '吾'뿐만 아니라 화자의 현존을 함께 드러낸다.

이러한 형식은 '吾'와 '화자'가 개시하는 발화 현장이 '유학생'의 존재 양식으로 소급되는 맥락 속에서 해석될 수 있다. 유학생은 외부인의 위치에서 내부의 경계를 드러낸다. 이처럼 매 순간 현존을 의심할 수밖에 없는 유학생의 언어적 시공간에 매개되어, '愛か'라고 질문될 수 있는 내면적 서사의 지평이 출현하게 된다. 그렇기에 '文吉'의 절절한 흉중은 '내가 지금 여기에 서 있다는 것은 꿈에도 모를', '만리 밖의'

---

36 위의 글, 35頁(13頁).

'彼', '操'에게는 알 수 없는 것이 된다. 요컨대 〈愛か〉에는 '흉중을 털어놓을 수 없음'이라는 발화 현장의 특이성이 전면화된다. 여기서 고백이 추동된다.

〈愛か〉에 활용된 언문일치체의 문법이 주목되는 것은 이 때문이다. 인용한 대목에서와 같이, 3인칭 대명사 '彼'와 과거형 어미 '-た'를 통해, 이광수는 소설의 이른바 고백 형식에 다가가고 있다. 그러나 이 시도 가운데 이광수는 고백이라는 형식과 마찰을 드러내기도 한다. 예를 들어 "あゝ何しよう、折角の望も喜も春の雪と消え失せて了つた (아아 어떻게 하나, 모처럼의 희망도 기쁨도 봄의 눈처럼 사라져버렸다)"는 문장은, "彼の胸には失望と苦痛とが沸き立つた(그의 가슴에는 실망과 고통이 끓어올랐다)"라는 문장을 고려할 때 화자의 발화로 읽힌다. 동시에 영탄사 "あゝ"로 개시되는 다른 문장들과의 관계 속에서 "あゝ何しよう、" 이후의 기술은 '文吉'의 내면이 직접적으로 발화된 것으로 보이기도 한다. 쉼표를 사이에 두고 '文吉'에 의해 발화된 내면("あゝ何しよう")과 화자에 의해 투시된 '文吉'의 내면("消え失せて了つた")은 교착된다. 이로써 언문일치체가 가정하는 내면 고백의 객관적 기술은 위태로워진다.

음성 발화를 전제로 한 언문일치체는 3인칭 대명사나 과거형 종결 표현을 통해 발화 주체로부터 발화를 대상화하는 방식으로 상정된 것이다. 언문일치가 근대소설의 허구성을 뒷받침하는 기본 요건으로 판별되는 것은 이 때문이다. 〈愛か〉를 통해 이광수가 보여준 문제적 지점은, 그가 언문일치체의 문범은 따르고 있으나 그 요체와는 불화하고 있다는 점이다. 이광수가 언문일치체의 문법을 학습 및 모방하고 있다는 점은 분명해 보인다. 일본 문단에서 활발히 논의되고 있던 언문일치의 문체는 그에게 새로운 소설의 형식으로 발견되었을 가능성이 높다. 그러나 이때 이광수는 문법적 모방이라는 의도를 넘어서서, 고백의 절대적 필요, 그에 대한 강박의 징후를 드러내고 만다. '文舎'의 내면은 '화자'의 발화로 흘러넘치고 있다. 의미층위에서 발견되는 동질성은 상이한 발화 주체의 혼동이 단순한 기술적 착오나 오식의 문제〈인용부호의 누락, 쉼표의 오용〉에 그치는 것이 아님을 보여준다. 〈愛か〉에서, '文舎'는 '화자'와 내면(즉 서사)을 공유한다. 그리고 이 부분은 언문일치체의 문법적 숙련도와는 별개로 논의되어야 한다.

근대소설의 '쓰기'는, 중층적으로 드러나는 언술행위 구조를 주제화하고, 이것을 해소하는 과정을 노정한다. 그렇기에 소설의 문체는 발화 기원의 소거를 지향하는 언문일치의 문법, 그것을 고민하고 실험하는 가운데 형성된다. 이광수의 첫 소설 쓰기에서 발견되는 일본어 언문일치체의 문법적 표지 활용은, "일본의 근대문학이 고백의 형식과 함께 시작되었다"[37]는 고진의 발언을 환기시킨다. 여기에서 고백의 형식은 개별적 음성 발화가 문자로 옮겨질 수 있다는 것, 파롤(parole)의 총체로서의 언어적 동질성에 대한 확신 아래 성립될 수 있는 것이다. 이광수가 고백되어야 할 내면으로 'ぶんきち'를 발견하는 장면에서 돌출되는 것은 번역자로서의 자의식이다. 이는 고유명을 의미체로 간주하고 이를 번역함으로써, 진리치를 보존하려는 적극적인 시도로 보인다. 그러나 한편으로 'ぶんきち'가 드러날 때, 함께 목도할 수밖에 없는 것은 이질적인 언어적 표상 체계를 마주한 데에서 비롯한 낯섦과 두려움이다. '문길'로 회귀될 수 없는 'ぶんきち', 그 새로운 소설적 형상은 소설 '쓰기'에 돌입한 유학생 이광수에게 언어적 현존의 가능성을 묻고 있다.

---

37 가라타니 고진 지음, 박유하 옮김,《일본 근대문학의 기원》, 도서출판b, 1997, 103쪽 참조.

따라서 새로운 문학의 가치를 긍정하고 이를 수용하려는 태도와는 별개로, '화자'라는 발화 기원은 드러나야만 하는 것이다.

〈愛か〉에서 발견되는 일본어 언문일치체 문법적 표지의 활용이 〈무정〉, 〈헌신자〉의 문체 구성에 즉자적으로 이어지지 않는 현상의 핵심은 문체에 대한 발전론적 관점을 통해서는 파악될 수 없다. 이광수의 소설 창작이 두 언어 사이의 시차를 발견하면서 이루어졌다고 할 때, '번역'은 그 간극을 처리하는 방식이 될 수 있다. 그러나 이때의 번역은 문법 혹은 어휘의 차원에서, 3인칭 대명사 '彼'나 과거형 어미 '-た'에 대응하는 단어를 선택 및 조합하는 문제에 그치지 않는다. '彼'와 '-た'는 그것이 점하는 언어학적 범주에 대한 이해에 우선하여, 이광수에게 새로운 '쓰기'의 지표로 포착된다.

이광수는 "그째에는 글로 썻스면 반드시 목으로 읍게 되엿섯"다고 회고하며, '고문체(古文體)'를 '구문체(口文體)'와 구별한 바 있다.[38] 이러한 언급은 〈愛か〉에서 '文吉'의 발화가 화자의 음성에 의해 교란되고 마는 까닭을 설명해준다. 균질한 언어체가 암묵적으로 상정될 수 있을 때, 발화는 발화 주체로부터 떨어져 나오고, 독립된 현장을 개시할 수 있다. 이광수가 문면에 드러내는 낯섦과 불안은 합의해야만 하는 언어적 실체를 향한 것이다. 소설의 '쓰기'가 노정하는 '번역'에는 출발 언어를 통해 대면하게 된 국어의 범주 아래, 목표 언어를 조정(措定)하는 과제가 포함된다.[39] 따라서 〈무정〉과 〈헌신자〉에서 발견되는, 쉽

---

38 李光洙, 〈作家로서 본 文壇의 十年〉, 《別乾坤》 25호, 1930년 1월, 52쪽.

39 사카이 나오키는 뱅베니스트의 인격주의적 담론 이해 속에서 '번역자'를 "환승 중인 주체(subject in transit)"로 개념화한 바 있다: "그것은 번역자는 번역을 수행하기 위해 불가분체(individuum)라는 의미에서의 '개인'이 될 수 없기 때문이다. 번역자는 사회 편제에서 파악하기 힘든 비연속성을 표지한다는 의미에서 단독점(독

표로 호흡을 고르며 길게 이어지는 문장, '-로다', '-이라', '-더라' 등의 종결 표현, 지시대명사 및 인칭대명사의 자의적 활용 등은 단순한 문체적 퇴보로 볼 수 없다. 화자의 공공연한 틈입, 이로써 드러나는 언어의 비균질성은 소설의 형식을 언어적 내셔널리티의 자장 속에서 가늠한 자취를 보여준다. 이 점에서 〈愛か〉의 문체와 〈무정〉, 〈헌신자〉의 문체는 위상학적으로 등가를 이룬다.

4. 단편소설 창작의 수행적 의미

〈愛か〉와 〈무정〉, 〈헌신자〉 사이에서 관찰되는 소재와 서술 기법의 차이는, 소설이라는 형식의 형성 과정에 초점을 맞추어 살펴볼 과제이기도 하다. 〈愛か〉에서 배외자적인 '文吉'의 내면에 천착했던 것과 달리, 〈무정〉과 〈헌신자〉에서 이광수는 소설의 제재를 한국 사회 전반으로 확장하여 구하고 있다. 앞서 기술한 바와 같이, 이처럼 상이한 취재 방식은 창작 과정에 깊숙이 개입된 번역자의 경계 외적 시선이 양가적으로 작용한 결과라 할 수 있다.

한편 〈헌신자〉와 5년의 공백을 두고 발표된 〈김경(金鏡)〉 및 이어진 단편들은 〈愛か〉 이후 장편 《무정》의 창작에 이르기까지, 단편소설에 대한 이광수의 인식이 형성되어가는 과정을 보여준다. 〈김경〉 이후 1910년대에 발표된 단편들은 크게 보아 자전적인 방식으로 구성된

이점)이다. 번역이란 사회 편제에서의 비연속의 단독점에서 연속성을 만들어내는 실천일 뿐이다. 따라서 번역이란 비연속의 연속의 한 예이며, 비공약성(非共約性)의 장소에서 관계를 제작하는 사회 실천의 포이에시스(poiesis)이다."(酒井直樹, 《日本思想という問題: 飜譯と主體》, 岩波書店, 1997, 24~25頁)

다. 작자인 이광수는 소설 속 사건들에 대해 회고적 태도를 표방한다. 파편적 인상을 특정한 감정으로 수렴하고 그 진정성을 피력하는 것이 이 시기 소설의 주제가 된다. 더불어 형식적인 측면에서, 이광수는 단일한 초점 인물을 두고, 이로부터 개시되는 배경의 현장성을 확보하기 위해 고민한다. 특히 〈김경〉은 도쿄 유학과 홍명희와의 교류를 통한 독서 체험, 오산학교 재직 시절 학도들에게 느꼈던 애정 등의 자전적 요소를 바탕으로 하면서도 작가로부터 독립적인 작중 인물을 구현하고자 한 첫 (조선어) 소설이라는 점에서 흥미롭다.

① 金鏡은 어제 밤에 大邱를 써나 九月 一日 夕陽에 古邑驛에 나리엇다 그는 서울도 들러지 아니하고 하로라도 사랑하는 學徒들의 學業을 休하지 아닐 양으로 쌔른 火車도 더대다 하게 장다름을 하엿다 驛에 나리어 조고마한 册보통이를 씨고 鐵道線路를 지나아 좁고 풀 깁흔 논틀 길에 들어서며 西北 대하야 포풀라 숩 사이로 보이는 灰壁한 여러 채 집을 보고 반갑은 듯 빙긋 우섯다 그는 어대든지 갓다가 古邑驛에 나리어 이 포풀라 숩과 이 집을 보기를 가장 깃버한다[40]

② 이것을 보아도 金鏡의 생각을 알 것이라
그러나 이번 이 計劃은 成功이 되는지 엇지 되는지 차차 보아야 알 것이라
그 포풀라 속에서 鐘소리가 난다 저녁밥 먹으러 가라는 鐘이로다 좀 잇스면 「압 고개」로 올망졸망한 學徒들이 넘어오려니 하고 金鏡이 그리로 고개를 돌리고 빙그레 우스면서 기다린다 어느새 帝釋山 머리에 오르어

---

40 孤舟, 〈金鏡〉, 《靑春》 6호, 1915년 3월, 118쪽.

안즌 해의 붉은 光線이 學徒들의 帽子 遮陽에 반짝반짝 비초인다 (……) 만날 째 여러 어리고 곱은 學徒들이 반갑아 쮜어오아 인사하고 매어 달릴 것을 생각하매 金鏡의 가슴은 터지는 듯 깃브다 얼마를 쮜어가다가 고개를 드니 學徒들은 발서 지나가고 말앗다 金鏡은 한참이나 얼 째진 듯이 서 잇다가 그 자리에 펄석 주저 안젓다[41]

〈김경〉은 정주(定州)로의 귀향 전후를 중심으로 '少年期'의 성장 서사 및 여기에 잠재되어 있던 감정을 돌이킴으로써, 소년에서 '청년'으로 비약하는 '김경'의 자각적 순간을 포착하는 소설이다. 소설 속에서 '古邑驛' 앞에 펼쳐진 '포풀라 숩'은 기억을 환기하는 장치로 사용되며, 귀향 이후 '김경'의 심리를 '현재적'인 것으로 전경화한다. 이는 소설에서의 분할적인 문체 활용과 연동하고 있다. '포플러 숲'을 바라보는 '김경'을 묘사하는 소설의 첫 장면과 마지막 장면은 '-이다', '-ㄴ다/는다', '-었다' 등의 종결 표현으로 기술되어 있다.

그러나 두 장면 사이에 삽입된 부분, 즉 귀향하기까지 겪는 '김경'의 간난신고와 정신적 궤적을 다루는 부분에서는 '-이라', '-로다', '-더라' 등의 종결 표현이 지배적으로 사용된다. 이러한 문체의 변화를 통해 "金鏡의 至今까지의 歷史"가 전해지는 가운데, 화자와 청자의 관계는 공공연해진다.[42] 이로써 '포플러 숲'을 응시하는 '김경'은 경험을 서사화하는 기억의 메커니즘에 개입하지 않게 된다. 즉 소설 속 인물 '김경'에 대한 이해의 장은 '그'의 현존과는 무관한 차원에서, 화자와 청자 사이에 마련되는 것이다.

---

41 위의 글, 125~126쪽.
42 위의 글, 122쪽.

'-이다', '-었다'의 종결 표현과 함께, 귀향 이후의 '김경'은 소년기의 이야기와 단절된, 이질적인 언술 체계 속에서 다시 등장하게 된다. '포플러 숲'에서 오산학교 학도들이 냉담하게 '김경'을 스쳐 지나가는 순간 화자의 회고는 끝난다. "한참이나 얼쌔진 듯이 서" 있는 '김경'을 묘사하는 장면에서 화자는 사라져 있다. 화자에 의해 전달된 '김경의 역사'는 찰나적으로 환기된 '그의 기억'을 낯선 것, 배반된 것으로 현재화하며 후경으로 물러난다. '김경'이 맞닥뜨린 사태는 화자에 의해 확보된 진리치의 영역과 일치하지 않는, 부조리로 판단된다. 이로써 '自覺'을 통해 순간적으로 촉발되는 '그'의 감정('虛空')은 공유할 만한 것이 된다.[43] 허무감을 토로하는 '김경'은 자기 변호의 혐의에서 벗어나게 되는 것이다.

〈김경〉에서 드러나듯이, 소설 창작에서 이광수가 착목하는 부분은 자기의 경험을 작중 인물과 연계된 사건으로 가공하면서, '작가=나'로부터 자립된 '그'를 구체화하는 것이라 할 수 있다. '김경'이 점하는 시간을 현재적인 것으로 갱신하는 가운데 화자라는 발화 기원은 소거되고 만다. 이때 '그'가 개시하는 현장 밖에서 형성되는 화자와 청자의 내밀한 진정성의 코드는, '흉중을 털어놓을 수 없는' 조건에 놓인 무구한 '김경'의 감정을 공감의 대상으로 의미화한다.

'흉중을 털어놓을 수 없음'은 〈愛か〉 이래의 이광수 초기 단편을 관통하는 모티프에 해당한다. 이는 아직 진입할 수 없는 것으로 발견한, 제도화된 고백의 형식을 상대화하는 그 나름의 방식이라 할 수 있다.

---

43 "〔⌐〕올토다 虛空이로다 다만 心身의 疲勞만 사앗슬 짜름이로다 / 내 만일 五年 前에 이 自覺을 어덧거나 또는 五年 前에 德과 智가 相當하게 서엇더면 그만한 勤勞가 足히 보아만한 結果를 어덧스리라」 하고는 쌘허니 다 지나간 아이들의 발뒤축을 바라본다." (위의 글, 126쪽)

1910년대 단편소설에서 이광수는 작중 인물의 성격을 구현하고, 서사를 후경화하며 장면 묘사에 천착하면서 순간적으로 발현되는 감정을 포착하는 데 주력한다. 이러한 작업은 3인칭 대명사 '그'와 과거형 종결 표현 '-었다'의 활용과 동반하여 이루어진다. 동시에 그는 화자와 청자 사이의 독립된 채널을 거리낌 없이 드러낸다. 이는 '흉중을 털어놓을 수 없음'이라는 작중 인물의 상황 조건을 명시하는, 별도의 영역으로 기능한다.

이광수의 소설에서 반복적으로 등장하는 '일기'와 '편지'가 수행표현적(performative) 장치로 전유되는 까닭 또한 위의 맥락을 통해 헤아릴 수 있다.[44] 일기와 편지는 화자가 특정한 청자를 선택함으로써 형성되는 독점적인(exclusive) 인격적 관계에 바탕을 두고 이루어지는 글쓰기다. '나'는 '너'에게 '말을 건다(address)'는 발화의 지향이 노골화됨에 따라, 그것은 '전달'이 예기된 자유롭고 내밀한 언술행위가 된다. 보고 형식을 취하는 이들 글쓰기에서, '나'의 경험에 대한 '너'의 이해 여부는 최종적인 고려 사항이 되지 않는다. 그렇기에 일기와 편지가 공개될 때,[45] 전면화되는 것은 기억의 지평에 타자를 외재적으로 연관시키

---

44 사카이 나오키는 화용론적 관점에서 수행성에 기준하여 언술행위를 다음과 같이 구별한다. "'말을 걸다(to address)'와 '전달하다(to communicate)'라는 두 표현은 변별될 수 있다. 마치 '겨냥하다'와 '맞히다'가 '표적을 겨냥하다'와 '표적을 맞히다'라는 대조적인 어구에서 구별될 수 있는 것처럼, '말을 걸다'에는 언수행표현(performative)으로서의 그 행위가 달성하는 사태가 제외되어 있는 데 반해, '전달하다'에는 그 행위가 달성되는 사태가 예정되어 있다." (酒井直樹, 앞의 책, 8쪽) 여기서 그는 '전달하다'가 '말을 걸다'에 앞선 것으로 가정되거나, '말을 걸다'가 곧 '전달하다'와 같은 것으로 간주되는 '균질언어적 말 걸기의 자세'를 문제 삼는다. "언어적 균질 영역"은 "전달의 실패를 일정한 방식으로 위치 지우는 배분의 질서(economy)를 만들어냄으로써" 상정된다. 위의 책, 8~13쪽 참조.

45 사적인 관계 맺음의 문학적 형식인 '편지'와 그 매체적 효과에 대해 하버마스는 다

려는, 반추하는 주체의 완고함이라 할 수 있다. 이에 비해 언표화된 내용에 대한 진위 혹은 가치 판단은 부수적이거나 무의미한 것이 되고 만다.

〈크리스마슷밤〉에서는 일기를 훔쳐보는 인물('成順')이 등장한다. 일기의 주인인 '경화(京華)'에게 '네가 지금 하고 있는 말은 거짓'임을 추궁하는 '성순'의 태도는 당당하다. '성순'은 일기에 대한 자신의 접근이 승인된 바 없다는 바로 그 점에서, 일기 속의 '나(청자)'로 한정되었던 은밀한 발화 현장에 근거하여 '경화'에 맞서 '경화'의 '진심'을 항변하고 있다.[46] 발각되어야만 하는 일기를 삽입함으로써, 누설된 '비밀'의 진정성을 코드화하는 방식은 〈크리스마슷밤〉의 개작이라 할 수 있는 〈어린 벗에게〉로 이어진다.[47] 〈어린 벗에게〉는 네 통의 편지로 이

음과 같이 지적한 바 있다. "핵가족의 사생활 영역에서 사적 개인들은 그들의 경제활동의 사적 영역으로부터 아직 독립되어 있는 것으로, 즉 서로 '순전히 인간적인' 관계에 들어설 수 있는 인간들로 자신들을 이해한다. 이 관계의 문학적 형식이 그 당시 서신 교환이다. (……) 사적인 것의 가장 내부에 있는 정원으로서의 이러한 주체성은 항시 독자와 이미 관계하고 있다. 문예적으로 매개된 친밀함에 대한 반대는 비밀 누설이지 공개성 그 자체가 아니다. (……) 성공적 편지임을 확인해주는 그 당시 일상적으로 쓰였던 어법은 그것이 '인쇄할 만큼 좋다'라는 것이었다." (위르겐 하버마스 지음, 한승완 옮김, 《공론장의 구조변동》, 나남, 2001, 124~125 쪽)

46 "이쌔에 成順이가 헐덕헐덕하고 들어오면서, 「올치, 웨 일즉 오신지 내가 압니다.」하고 반(牛)한드시 웃는다. 京華도 우스면서, 「나는 쏘 무슨 큰일이나 낫는가 햇지오, 헐덕거리고 쒸어 들어오기에. 웨 다 보지 안코 왓소.」/ 「큰일이 잇지오, 내가 다 알아요. 모르는 줄 아시는구려. 내가 언제 先生의 日記를 훔쳐보앗지오. 그속에 O가 엇젓고 엇젓고 했습데다그려. 오늘 그 O가 그 O가 아니야요?」" (거울, 〈크리스마슷밤〉, 《학지광》 8호, 1916년 3월, 38쪽)

47 〈크리스마슷밤〉의 필자가 이광수라는 것은 김영민(〈이광수의 새 자료 〈크리스마슷밤〉 연구〉, 《현대소설연구》 36호, 2007)과 하타노 세쓰코(〈《무정》을 쓸 무렵의 이광수〉, 앞의 책)에 의해 증명된 바 있다. 김영민은 후속 연구에서 〈크리스마

루어진 서간체 소설이다.[48] 이 소설에서 수신자로 설정된 '사랑하는 벗'은 편지가 전하는 이야기에 전혀 개입하지 않는다.[49] 편지를 쓰고 있는 '나'에게 '어린 벗'은 죽음에 다가선 순간 환기되는 유일한 인물이다. 〈어린 벗에게〉에서 이루어지는 "나는 朝鮮人이로소이다, 사랑이란 말은 듯고 맛은 못 본 朝鮮人이로소이다"라는 고백은 오히려 '사랑하는 벗'이어야 할 수신인의 자격을 묻고 있다.[50] 여기에서 '사랑'은 경험을 서사화하는 원점으로 외래적인 '벗'의 존재, 즉 타자를 현상하는 말이 된다. 이러한 주체되기의 프로세스에 동참할 때 그 단어는 의미

숫밤〉에서 〈어린 벗에게〉로 이어지는 개작 양상을 밝히고, 〈크리스마숫밤〉 이후 이광수가 《매일신보》의 필자로 변모하기까지의 과정을 추적한다(김영민, 〈이광수 초기 문학의 변모 과정: 이광수의 새 자료 〈크리스마숫밤〉 연구 (2)〉, 《현대문학의 연구》 34, 2008). 덧붙여 〈크리스마숫밤〉을 통해 이광수와 나혜석의 관계를 다룬 하타노 세쓰코의 논문은 2007년 12월 서울대학교 국어국문학과에서 개최한 '제2회 국제한국문학회 학술발표회'에서 발표한 원고에 기초한 것이다. 한편 〈크리스마숫밤〉을 이광수가 메이지중학 시절에 만난 야마사키 도시오(山崎俊夫)가 발표한 소설 〈耶蘇降誕祭前夜〉(《帝國文學》, 1914년 1월)에 대한 회답으로 파악하고, 두 텍스트를 비교 고찰한 연구가 최근 제출되었다. 이경훈, 〈첫사랑의 기억, 혼혈아의 내선일체: 이광수와 야마사키 도시오〉, 조대호·이경훈·이승종 외, 《기억, 망각 그리고 상상력》, 연세대학교 대학출판문화원, 2013.

48 〈어린 벗에게〉는 《靑春》 9~11호(1917년 7월, 9월, 11월)에 세 차례에 걸쳐 연재되었다. 흥미로운 점은 《靑春》의 재간(7호)을 맞아 실시된 '특별대현상'의 응모 대상이다. 이 현상 모집에서는 이광수가 고선(考選)을 맡은 단편소설 부문과 함께 "自己 故鄉의 山河風土며 人物事蹟 等 諸般 事情을 在遠한 知人에게 報知하는 文", "自己가 最近에 經歷한 바 感想한 바 觀悟한 바 聞見한 바 中 무엇이든지 情趣 잇는 筆致로 寫出하야 親知에게 報知하는 文", 즉 편지글을 응모 대상으로 삼고 있다(〈特別大懸賞〉, 《靑春》 7호, 광고지면). 응모 기한은 7월 15일까지, 발표는 9월이었다. 또한 이광수는 〈어린 벗에게〉와 함께 동생에게 보내는 편지 형식의 기행문 〈東京에서 京城까지〉(春園, 《靑春》 9호, 1917년 7월)를 게재한 바 있다.

49 외배, 〈어린 벗에게〉, 《靑春》 9호, 1917년 7월, 96쪽.

50 위의 글, 105쪽.

를 갖게 되는 것이다.

〈김경〉 이후 〈크리스마슷밤〉, 〈어린 벗에게〉, 〈방황(彷徨)〉(春園,《青春》12호, 1918년 3월), 〈윤광호(尹光浩)〉(春園,《青春》13호, 1918년 4월)에 이르기까지, 이광수는 단편의 소재를 모두 도쿄 유학 시절의 경험으로부터 얻었다. 경험을 통해 얻은 고유한 감정을 소설의 소재로 가공하는 작업은, 고백의 의미론적 기능을 담보하는 사회(언어활동의 장)에 대한 고려 없이는 이루어지지 않는다. '흉중을 털어놓을 수 없음'을 호소하며, 이를 수행적으로 해소하고자 하는 이광수의 소설 쓰기는 공감대 형성(감정 교육)이 가능한 대상을 구획하고 있다. 이처럼 새로운 언어를 감수(感受)할 수 있는 능력은 균질한 언어 공동체의 지향에 내재된 배제적 계기이기도 하다.

5. 문학/언어의 내셔널리티, 그리고 배제의 경험

도쿄 유학 시절 처음으로 시도되었던 이광수의 소설 쓰기, 그 소설 창작의 첫 장면에는 이질적인 체계를 목도하는 자의 날선 감각이 응축되어 있다. 그에게 일본어는 근대의 소설을 구성하는 제도로 발견된 것이다. 이광수는 대한제국의 언어 상황을 "國文과 漢文의 過渡時代"로 명명하고, 이를 '國文 專用'의 지향 속에서 해소되어야 할 국면으로 파악한다.[51] 이는 소설의 문체로 전사된 일본어, 즉 실체로 부상하는 국어를 맞닥뜨리고 만 배외자의 충격을 드러낸다. 귀국 이후의 언어 상황을 문제적인 것으로 반조하는 비동시성의 감각은, "文學의 普

---

51 李寶鏡, 〈國文과 漢文의 過渡時代〉,《太極學報》21호, 1908년 5월, 17~18쪽.

遍的 價値" 아래 새로이 범주화될 수 있는 글쓰기의 형식을 경험한 데에서 비롯한다.[52]

이광수에게, 서양의 'literature'와 병렬되어야 하는 '금일 아한의 문학'은 아직 도래하지 않은 것이다. 그는 문학을 "情的 分子를 包含한 文章"이라 정의하는 한편, '정(情)'을 교육의 대상으로 규정한 바 있다.[53] 주목할 부분은 문학에 대한 이 같은 이해 속에서, 한문 전통뿐만 아니라 기존의 언문(諺文) 서사 양식 또한 배제된다는 점이다. '인생을 지배하는 심리에 대한 정밀한 관찰'은, 이광수가 (학교 교육을 상대화하며) 제시한 문학의 유사-제도적 기능과 결부되어 문학의 방법론으로 설정된다. '정'이 계발될 공백의 지점을 추출, 가공할 수 있는 시야야말로 '금일 아한의 문학'이 출발할 수 있는 조건이다. '정'을 금일 아한에 부재하는 것으로서 주제화하는 단편소설 〈무정〉의 방식, 달리 말해 '부인'의 언술이 논설자적 발화 주체를 경유해야만 소설의 문체 속에 등장할 수 있다는 점은 이 때문에 중요하다.

이광수는 문학의 존재 의의가 '國民의 理想과 思想'을 '支配'하는 데 있다고 역설한다.[54] 이러한 주장은 '國語'가 '國民의 精粹'에 해당한다는 진술과 멀지 않은 거리에서 이루어진다.[55] 문자가 음성 발화를 전사하는 도구에 불과하다는 관점을 딛고 있는 그의 국문 지향적 태도에는, 기록될 만한 대상으로서의 발화, 나아가 발화자(집단)의 권위에 대한 고민이 포함되어 있다. '언문'은 진서와의 다이글로시아적 위계 구

---

52 李寶鏡, 〈文學의 價値〉, 《大韓興學報》 11호, 1910년 3월, 17쪽.

53 위의 글, 16쪽; 李寶鏡, 〈今日 我韓 靑年과 情育〉, 《大韓興學報》 10호, 1910년 2월.

54 李寶鏡, 〈文學의 價値〉, 18쪽.

55 李寶鏡, 〈國文과 漢文의 過渡時代〉, 16쪽.

도가 문제시되는 가운데 여전히 아(雅)-속(俗)의 대립적 의미 맥락을 표지하는 기표로 작용한다. 소설의 문체에 대한 고민과 실험은 '국어'라는—혹은 여기에 대응하는—새로운 언어적 실체를 구상하는 도정 속에서 이루어진다. 이러한 과정은 '언문'의 전사 대상으로 상정되는 '속된 언어(low variety)'를 효과적으로 배제(포함)할 수 있는, 기능적 배분 질서의 형성을 동반한다.

〈愛か〉를 통해 확인할 수 있는 이광수 단편소설의 원점, '흉중을 털어놓을 수 없음'에서 드러나는 것은 균질한 언어적 조건에 외삽된 그의 배외자적 위치와 양가적 태도라 할 수 있다. 고백에 대한 강박(compulsion)은 번역될 수밖에 없었던 '文告'의 형상, 즉 소외된 언어적 현장의 원형에 끊임없이 대립하며, 문제화하는 데에서 발생하기 때문이다. 일본어 언문일치체가 표상하는 균질한 언어의 영역을 낯선 것으로 맞닥뜨린 배제의 경험 속에서, '소설'은 창작의 대상이자 번역의 대상이 된다. 이광수는 비균질적인 언어 상황을 반조할 수 있는 번역자의 외부성을 소설의 창작 방법으로 적극 활용한다. 조선의 '과도적' 언어 상황을 현재적이고 유효한 실체로 의미화하려는 가운데 소설의 문법은 '화자'라는 외재적인 인칭(인격)과의 매개를 드러냄으로써 성립되는 것이다.

* 이 글은 〈근대소설의 형성 과정과 언문일치의 문제(1): 이광수 초기 단편소설을 중심으로〉라는 제목으로 《동방학지》 제165집(2014년 3월)에 게재되었다.

참고문헌

《大韓興學報》,《少年》,《朝鮮文壇》,《靑春》,《太極學報》,《學之光》,《皇城新聞》
大村益夫·布袋敏博 編,《近代朝鮮文學日本語作品集 創作編 1》, 錄蔭書房, 2004.

김동인, 김치홍 편,《김동인 평론전집》, 삼영사, 1984.
가라타니 고진 지음, 박유하 옮김,《일본 근대문학의 기원》, 도서출판b, 1997.
권보드래,《한국근대소설의 기원》, 소명출판, 2000.
_____,〈1910년대의 이중어 상황과 문학 언어〉,《한국어문학연구》 54집, 2010.
김미형,〈한국어 언문일치의 정체는 무엇인가?〉,《한글》 265호, 2004.
김병문,〈발화 기원 소거로서의 언문일치체의 의미에 관하여〉,《사회언어학》 16
        권 2호, 2008.
_____,《언어적 근대의 기획: 주시경과 그의 시대》, 소명출판, 2013.
김영민,〈한국문학사의 근대와 근대성-근대 초기 서사문학 양식의 근대성을 중심
        으로〉,《20세기 한국문학의 반성과 쟁점》, 소명출판, 1999.
_____,〈근대적 유학제도의 확립과 해외 유학생의 문학·문화 활동 연구〉,《현대
        문학의 연구》 32, 2007.
김효진,〈'국어' 글쓰기와 '국민문학'의 성립〉, 연세대학교 석사학위 논문, 2011.
롤랑 바르트 지음, 김웅권 옮김,《글쓰기의 영도》, 동문선, 2007.
마키 유스케 지음, 최정옥 옮김,《시간의 비교사회학》, 소명출판, 2004.
문학과사상연구회 편저,《이광수 문학의 재인식》, 소명출판, 2009.
손유경,〈1910년대 이광수 소설의 개인과 인류〉,《현대소설연구》 46, 2011.
신지연,《글쓰기라는 거울》, 소명출판, 2007.
안영희,《한일 근대소설의 문체 성립》, 소명출판, 2011.
양문규,〈초기 한국 근대소설의 문체 형성 과정〉,《민족문학사연구》 52권, 2013.
에밀 벵베니스트 지음, 김현권 옮김,《일반언어학의 여러 문제》 1·2, 지식을만드
        는지식, 2012.
위르겐 하버마스 지음, 한승완 옮김,《공론장의 구조변동》, 나남, 2001.
이경훈,〈첫사랑의 기억, 혼혈아의 내선일체: 이광수와 야마사키 도시오〉, 조대
        호·이경훈·이승종 외,《기억, 망각 그리고 상상력》, 연세대학교 대학출판
        문화원, 2013.

이연숙, 〈일본에서의 언문일치〉, 《역사비평》 70, 2005.

_____, 고영진·임경화 옮김, 《국어라는 사상》, 소명출판, 2006.

이재성, 〈선어말어미 '-더-'의 문법 기능에 대한 연구〉, 《우리말연구》 26집, 2010.

이효덕 지음, 박성관 옮김, 《표상 공간의 근대》, 소명출판, 2002.

정백수, 《한국 근대의 식민지 체험과 이중언어 문학》, 아세아문화사, 2000.

제라르 즈네뜨 지음, 권택영 옮김, 《서사담론》, 교보문고, 1992.

지그문트 프로이트 지음, 정장진 옮김, 〈두려운 낯설음〉, 《예술, 문학, 정신분석》
          (재간), 열린책들, 2003.

채운, 《재현이란 무엇인가》, 그린비, 2009.

프레드릭 제임슨 지음, 윤지관 옮김, 《언어의 감옥》(3판), 까치, 1990.

하타노 세츠코 지음, 최주한 옮김, 《일본 유학생 작가 연구》, 소명출판, 2011.

함동주, 〈러일전쟁 직후 일본의 한국식민론과 문명〉, 이화여대 한국문화연구원,
          《근대계몽기 지식의 발견과 사유 지평의 확대》, 소명출판, 2006.

酒井直樹, 《日本思想という問題: 飜譯と主體》, 岩波書店, 1997.

Ferguson, Charles A., "Diglossia," Pier Paolo Giglioli ed., *Language and Social
          Context*, Great Britain: Penguin Books, 1972.

Hölderlin, Literary Nationalism, and the Myth of Greek Monolingualism

Anthony C. Adler

1. Beyond the mother tongue

Monolingualism—Bilingualism

Classical—Romantic

I will begin with the simple juxtaposition—not even a chiasmus—of these two pairs of opposed concepts: Classical—Romantic, Monolingual—Bilingual.

At first they might seem to have nothing to do with each other: Classical and Romantic are, first of all, categories of literary scholarship. The first pair draws its meaning from the diffuse set of qualities that characterize the style of different works. They seem, moreover, to indicate a historical phenomenon, and are most often used to make sense of a striking change in style, as well as in the ideological apparatus surrounding the production, reception, and interpretation of literature, that takes place around 1800. The second pair, in contrast, seems as precise as the first is vague. Someone is either monolingual, bilingual, or multilingual. It is easy enough to determine this. The students at Underwood International College at Yonsei University, where I teach, are almost all bilingual, and some are impressively multilingual. Back in America, my students were, sadly, mostly monolingual.

Yet when I think of my own situation, I become more confused. Am I bilingual? I speak German fluently, if not perfectly, and lived and studied in German-speaking countries(Germany and Austria) for about two years. But I did not start learning German until I was around 18 years old. I have also lived in Korea for about 6 years, yet I speak only rudimentary Korean, barely sufficient for a slow and stilted conversation with my mother-in-law. I can also read several other languages, classical and modern, with various degrees of ease. I studied Spanish for many years in middle school and high school, but little has remained of this scholastic misadventure. The concept of "bilingualism" would seem to imply a strong sense of what it means to "have" a language: one must command it actively and not merely passively; one must be "fluent"(able to speak in a "flowing" fashion, as if with a capacity that seems almost innate, second nature, no longer dependent on conscious thought processes); or perhaps one must command a language as if a native language. Or indeed: one must be in some sense a native speaker of more than one language, having been raised in a "multicultural" family, in the most extreme case, or with a language at home that was different than the "official" or dominant language, or having grown up in a milieu in which a number of languages are spoken. Judged by this standard, I would be at best bilingual, and perhaps not even. Indeed only marginally bilingual, since, in some sense, my relation to German—for all the depth of my engagement with its literary and philosophical traditions—is linguistically shallow. I began to learn German far after the point when it could have become anything like a "mother tongue." Rather, I might call it a "lover tongue": a tongue learned at the age of intellectual (and sexual) maturity, as a substitution for the home and the familiar. Whereas the "mother tongue" remains mostly unconscious to us, unknown to us—even the most humble speaker possesses a sort of virtuosity in speech—the "lover tongue" is almost always suffused by awareness and understanding: an explicit knowledge of grammatical rules; a self-consciousness about the words in their exotic strangeness.

The apparent, if specious, straightforwardness of the second pair has much to do with how modern linguistics frames the question of language. Yet linguistics itself is a Romantic science; perhaps indeed the Romantic science *par excellence*. The very concept *of* Romanticism already suggests this: it refers implicitly to the emergence in Europe of vernacular, Romance languages. Whereas older pre-Romantic approaches to so-called linguistic phenomenon(grammatical or philological) remain oriented toward the Classical languages—written and dead—that were regarded as exemplary and even as normative, linguistics would rejoice in

discovering the empirical riches of oral communication, rejecting
the privilege accorded to grammatical norms and to the historically-
dominant languages of empire and scripture.[1] The quest of modern
ethno-linguistics to "preserve" a record of every single human
language, and especially those that are on the verge of dying, is a
distant, but still recognizable, echo of Herder's concern with the
linguistically articulated "Spirit of the People."

Romanticism, this suggests, has everything to do with the way in
which two very different sorts of linguistic capacities are brought
into relation to one another. The first of these, prior with respect to
time and causality, is active, natural—a second nature that indeed
becomes the first nature of an individual speaker and of a "people"
as a linguistic community: the mother tongue. The second of these
belongs to the interpreter, the receiver of the language of the *Other*.
The interpreter can understand, but cannot produce. And what he
understands, first of all, is the *originality*, the native genius of the
language of the Other. A stunted dialect thus emerges which is of
fateful consequence for the humanistic disciplines that formed under
the aegis of Romanticism. Interpretation consists only in the circle
of communication that takes place between the genius, who creates
but is incapable of understanding his creation, and the interpreter,
who is not himself a genius but can understand genius.[2] It is as if

---

1   Regarding the "phonocentrism" of the science of linguistics, see Derrida, *Of
    Grammatology*, 29.

2   Giorgio Agamben's *The Man Without Content* takes its departure from

the only thing that mattered were the production and recognition of genial originality, which, in order to maintain its radical claim to be original, must remain ineffable, since everything that could be said about it would of necessity fall within the sphere of the derivative and imitative. At the very moment in which it becomes possible to recognize language in its wondrous multiplicity of forms, the phenomena of language—this infinitely rich field of signs—become the signifier of one thing: the native genius of the mother tongue. Language itself becomes, in the precise sense of Roland Barthes, a myth(*Mythology*, 116). Whereas Kant's *Critique of Judgment* preserved a certain content for genius by rooting it in the unification of the imagination and the understanding, the dialectics of genius that I have identified tends to an extreme point in which even the concept of genius itself must be abandoned(*Kritik der Urteilskraft*, 171). Even Chomskyan linguistics, with its seemingly rigorous, scientific, quasi-mathematical approach, does not escape from this magic circle. The idea of an innate, hard-wired, universal grammar that allows us to learn language from a finite set of data and thus become capable of infinitely creative expression is perhaps only the most extreme

---

precisely this aspect of the dialectics of taste, arguing that it represents a fundamental crisis in the experience of the artwork. As he writes: "This duality of principles, according to which the work is determined starting both from the creative activity of the artist and from the sensible apprehension of the spectator, traverses the entire history of aesthetics, and it is probably in this duality that one must seek its speculative center and its vital contradictions."(*The Man Without Content,* 12)

form of a reductionism that effaces the singularity of the linguistic utterance.[3]

While Romanticism takes its departure from an experience of multilingualism — of the multitude of languages — it ultimately comes to enforce a strict and radical monolingualism. There are many languages, of course, but language only belongs, fundamentally and principally, to the native speaker; to the one who speaks a language as a mother tongue. Every other relation to language is secondary. The very concept of a mother tongue forbids bilingualism, save that one had two mothers. Linguistic identity becomes subject to a monopolar genealogical principle. In the 19th century, this monolingualism will come to be bound up with political nationalism, and the emergence of an ideology of a nation-state based on a common identity.[4] Not every sense of national identity is based

---

3 James McGilvray describes Chomsky's commitment to universalism, together with its political consequences, as follows: "If language is largely innate, it must, at one level, be the same across the human population. In his politics, universalism appears in the idea that there is a nature that all humans have and that this nature is morally and politically relevant: it bears on the actions of creatures with this nature and on their needs and goals. If, for example, there are some needs that humans have as a part of their fundamental natures, then these should be satisfied within any form of social organization that can count as ideal."(*Chomsky: Language, Mind, and Politics,* 5)

4 Within the German tradition, the most extreme and fateful example of this tendency is found in the theoretical writings of Richard Wagner, such as the infamous proto-antisemitic *Das Judenthum in der Musik.* Here Wagner argues that the European Jews, lacking a proper "mother-tongue," are incapable of genuine musical accomplishment, however great their genius.

on linguistic identity, yet the concept of language will provide extraordinary resources for nationalist projects up to our own time. This has to do, above all, with the fact that language exists at the threshold between the natural and artificial. It is something artificial that has become naturalized—a system of linguistic values that one must accept absolutely—or, conversely, something natural(the innate capacity for language) that has become artificial, giving birth, as it were naturally, to a specific human creation. Language, existing in this way at the threshold, provides a model for the project of nationalism, which seeks above all to naturalize the state and politicize the natural.

If Romanticism comes to align itself with a monolingual nationalism, it would seem reasonable to suppose that Classicism favors an inherent multiplicity of languages, and even cosmopolitanism. It is true, at the very least, that Classicism involves an orientation toward the Other language: the Classical languages and poetic traditions that the "modern" and "vernacular" must measure itself against. And it is also true that the Classical language, having become uprooted, stands for an ideal—a form of life that belongs to all. Yet I would suggest, against this, that a certain Classicism inhabits

---

"To write poetry in a foreign tongue has remained impossible for even the greatest genius. Our entire European civilization and art remains for the Jews a foreign language ... In this language, this art, the Jew can only speak imitatively, only create art imitatively, cannot really poeticize fluently or create works of art."(*Das Judenthum in der Musik*, 15)

the project of Romanticism, and that indeed the monolingualism of Romanticism, its linguistic nationalism, is inseparable from this Classicism. The fundamental conceit of Classicism is that artistic and poetic production should orient itself toward norms that are at once transcendent and immanent to history: that transcend history(otherwise they would lose their normative status) and yet are articulated through a certain moment in history; that indeed coincide with and become identical with this moment, such that history itself, in its historicity, acquires meaning as the articulation of norms that transcend history. But what is it that allows a specific historical epoch and linguistic tradition to become "Classical" in this way? Above all, it is necessary that such a period be fully present to itself; that it be closed off, self-contained, and that "meaning" be perfectly achieved within it and through it. The Classical work must be perfect, and perfectly fulfilled in itself. It is this perfection, which forbids any relation to anything outside of itself, that allows the work of history to transcend history and become a norm for all work. Classicism is, in a double sense, the closure of history: it marks a moment within history, before the end of history, in which history comes to an end, and, at the same time, it indicates the pattern through which history as a whole could come to an end.[5] This perfection, immanence,

---

5   Schiller's prose essays offer the clearest articulation of this aspect of Classicism, and were of great influence in the development of the German philosophy of history up to Hegel and Marx. In the following passage from his letters *On the Aesthetic Education of Man, Schiller explains the unitary*

and closure depends on the postulation of an monolingualism: the Classical language par excellence must appear as a language that exists only in relation to itself, that is free of foreign words and vocabulary of foreign origin, and that represents, in itself, a closed circuit of meaning. Monolingualism, as it were, is the closure of history.

Classicism and Romanticism, this suggests, exist in relation to each other as two aspects of what is essentially the same philosophy of history: a philosophy of history that is of essence monolingual, and that indeed conceives of history itself as a sort of *monolingualism*—as the departure from, and return to, the *One language* in which meaning is secured and becomes immanent to itself.[6] Classical monolingualism is the monolingualism of the speech that has already spoken; Romantic monolingualism, in contrast, the monolingualism of speech in its speaking. Somewhat analogue to Spinoza's opposition between *natura naturata* and *natura naturans*, it

---

perfection of the ancient Greeks: "At that time, in that lovely awakening of the intellectual powers, the senses and the mind had still no strictly separate individualities, for no dissension had yet constrained them to make hostile partition with each other and determine their boundaries."(*On the Aesthetic Education of Man,* 38)

6   Of special interest in this context is Martin Bernal's controversial 3-volume *Black Athena.* Bernal argues that the historical scholarship of the 18th and 19th centuries, especially under the pull of Romantic ideologies, obscured the multi-cultural and multi-linguistic, and specifically Semitic roots, of Ancient Greece, leading to the conception of Ancient Greek as a purely "indo-European" language.

involves the difference between the origin that has originated and the origin that is originating.

A curious logic binds these moments together: what is in the process of originating must be norm-giving, it must be what has originated, and yet as such—in so far as it is comprehended according to what has already originated—it is no longer fully original. The monolingualism of Romanticism is different from the monolingualism of Classicism: whereas the former tends toward originality and Genius, the latter comes to identify itself with rationality. Yet this difference merely suggests the essential correlation, and ultimate coincidence, of the two terms: originality(spontaneity) and rationality are the two aspects through which the One language, incapable of grasping its Oneness as such, splits off into two. If it seems like the philosophy of history, circa 1800, assumes such a profusion of forms, it is only because of the impossibility of bringing together these two monolingualisms so as to achieve an absolute monolingualism. If, on the one hand, Schiller and Hegel would attempt to fold Romanticism into Classicism, a Romantic philosophy of history originating with Herder will conceive of history in terms of an essential openness: a profusion of linguistically based "spirits of the people."[7] Classical closure and

---

7　The difference between Herder and Hegel is more subtle than is often represented, and the clichéd conceptions of historicism, applied to his work, are rarely illuminating. Herder's view of history certainly influenced Hegel, and both sought to descry a rational order at work in the seeming

Romantic openness—Classical totality and Romantic infinity—are not radically opposed, but, rather, merely articulate the contradiction that inhabits a single, unrealized and unrealizable philosophy of history.

This philosophy of history, as the recent work of Giorgio Agamben reminds us, is a secularized theology (*The Kingdom and the Glory*, 46, 91). The Romantic and Classical monolingualism(s) are, in the same measure, secularizations of a sacred monolingualism: the monolingualism of a sacred language. And one might argue, in turn, that the incoherence of a secular philosophy of history, and of the secular monolingualisms on which it depends—the fracture that divides a single monolingualism into two monolingualisms—suggests

---

contingency of historical formations. Yet whereas Hegel seeks to discover a closed rational logic of the dialectic at work in history, Herder emphasizes the limits of human rationality and the impossibility of *judging* one epoch from a universalizing perspective. Of the greatest significance, in this regard, is Herder's conception of the historicity of happiness. Regarding the proposal of a learned society to investigate who was the happiest people in history, he writes: "For if, again, human nature is no container of an *absolute, independent, unchangeable happiness* as the philosopher defines it, but it everywhere attracts *as much happiness as it can* ... [and] even the image of happiness changes with each condition and region(for what is this image ever but the *sum of 'satisfactions of wishes, achievements of purposes, and gentle overcoming of needs,'* which, though, all *shape* themselves according to *land, time*, and *place*?)—then at bottom all *comparison* proves be *problematic*. As soon as the inner *sense* of happiness, the *inclination*, has changed, as soon as the external *occasions* and *needs form* and *fix* the *new* sense — who can compare the *different* satisfaction of *different* senses in different worlds?" ("This Too a Philosophy of History for the Formation of Humanity (1774)", 296)

the limits of this operation of secularization. Rationality and originality cannot be brought together in such a way that they could together characterize a single language whose sense is truly immanent to itself. Only a radically transcendent language, a truly sacred language, could be both rational and original, but the sense of such a language would no longer be within our grasp.

Deconstruction and post-structuralism, I would suggest, involve an attempt to challenge this monolingual philosophy of history. It cannot be enough, however, merely to call into question Hegelian closure or other such meta-narratives of history, fetishizing openness and indeterminacy. Openness and closure belong together as two sides of a *monolingual logic*—a *monologic*, we might say—that ultimately leaves us with an impoverished concept of language. It is for this reason that it is always necessary to recall deconstruction to a certain sense of history: not out of the naively positive, and historicist, conviction that it could only be made sense of in the context of the history of ideas, but rather because the problematic of deconstruction responds to the problem of the philosophy of history, and loses all sense when removed from this theological and historical situation. The danger, above all, is a certain "unturning" of the linguistic turn in deconstruction.[8] It is in this sense that the work of Walter Benjamin,

---

8　One sees this danger, for example, in the work of Martin Hägglund, which has recently attracted much attention. In Hägglund's *Radical Atheism* the problem of language is obscured in favor of a "transcendental" reading of Derrida that reduces his thought to a single, more or less perspicacious,

such as his extraordinary essay "On Language as such and on the Language of Man" remains an invaluable adjunct to the project of deconstruction: Benjamin recalls deconstruction to history, theology, and language.

2. Hölderlin's Multilingualism

It is also in this sense and this spirit that we should return to the writings of Friedrich Hölderlin. Hölderlin, born in 1770, belonged to the generation that came of age with the French revolution. A contemporary of Hegel, Schelling, the Schlegel brothers, and Novalis; a devoted reader of Kant and Rousseau; a student of Fichte's at Jena; and, in his youth, a enthusiast for Schiller's poetry (he would be taken under the older poet's wings, but they would part ways), Hölderlin came into his own, intellectually, poetically, and also politically[9] at the threshold between Classicism and Romanticism.

---

structure.

9   Hölderlin, like his fellow seminarians Hegel and Schelling, and like early Romantics such as Friedrich Schlegel, was an enthusiastic supporter of the French revolution during the early 1790s. While he was also disturbed by the violence and brutality of the "terror," he did not allow this disillusionment to cause him to lose his faith in the ideals of the revolution. There is nevertheless considerable scholarly debate as to the nature of his political beliefs, the extent of his actual involvement in covert political activity in Swabia, and whether he was more nationalist or cosmopolitan in outlook.

Indeed, his poetic oeuvre cannot be classified simply as Classical or Romantic, nor as a mixture of the two. Rather, it strikes out on a very different path, and one which, I would propose, breaks out of the monolingualism that is still at work in both tendencies.

Hölderlin, I would propose, develops a vision of language that is not linguistic but grammatical and philological, and yet in a radical sense. At the essence of this grammatical, philological poetics is an affirmation of a multilingualism that is not rooted in the ideal of "native speaking"—and hence in the monolingualism of the "mother tongue"—but rather in the experience of learning Ancient languages as a student of classical philology. It is often said of Hölderlin that he had a profound and intimate relation to Ancient Greece. If these sorts of claims are so problematic, it is because they give a completely misleading sense for the nature of this relationship, which does not consist in the private resurrection of Ancient Greek as a living language, but in a philological appropriation of Greek as a "dead" language, existing only as "grammar"—as written traces and the rules derived from them. A striking indication for this "philological" attitude, I would suggest, is the fact that his poems rarely present themselves as the written record of an act of creation that would model itself on the self-presence and immediacy of the voice. Rather, they remain for the most part unfinished; inscribed on manuscripts that refuse to conceal the traces of the process of composition behind the accomplished finality of the work. As such, they place philological demands on the reader that should not be regarded as accidents of their composition, but as inscribed into the work in an essential way. Yet perhaps the most compelling evidence of a philological sense for language is his practice of translation. While this practice is exemplified in his actual translations of Sophocles and Pindar, one could say that all of Hölderlin's poetry is intimately concerned with the challenge of translation. It is never just a matter of passing from one mother tongue, one monolingualism, to another, but of creating an artificial idiom (a "grammatical" language, a language that exists only in writing, that is always already "dead") in which the Greek and German would collide.

During the 19th century, Hölderlin was mostly regarded as a minor poet. He was famous more for the tragedy of his life. The 20th century, however, witnessed a dramatic "rediscovery" of Hölderlin. Crucial to this were the efforts of Norbert von Hellingrath, who, in the years before the first world war, began work on the first complete and scholarly edition of Hölderlin's works.[10] It is not surprising, given the rising currents of nationalism in Germany at this time and the role of the George-circle in the reception of Hölderlin, that Hölderlin would come to be regarded as quintessentially German, and indeed as a prophet of Germany's rise to greatness. This view was not uncontested, and his poetry also found many admirers on the left, from Walter Benjamin, Theodor Adorno, and Bertholt

---

10 Hellingrath's edition would be superseded by a number of other editions, including, most notably, the Stuttgart edition of Friedrich Beißner (begun in 1943) and the Frankfurt Edition of D. E. Sattler (begun 1972).

Brecht, to the French critic Pierre Bertaux and D. E. Sattler, editor of the monumental, philologically radical Frankfurt Edition, and, more recently, Giorgio Agamben.[11] Yet, despite these critical interventions, Hölderlin remains read for the most part as a "German" poet, whose greatness consists in no small part in his special, authentic, relation to the German language. Indeed, in his *The Kingdom and the Glory*, Giorgio Agamben, for whom Hölderlin remains a crucial point of reference throughout his philosophical career, explicitly invokes Norbert von Hellingrath as the point of departure for interpreting Hölderlin. Even though Agamben has no interest in German nationalism per se, and clearly seeks to situate Hölderlin within a "cosmopolitan" poetic dialogue, he nevertheless reinforces the image of Hölderlin as a German poet *par excellence*: a poet who exists in a special relation to the German language.[12]

> Because poetry is precisely that linguistic operation that renders language inoperative—or, in Spinoza's terms, the point at which language, which as deactivated in its communicative and informative functions, rests within itself, contemplates its power of saying,

---

11 For an insightful discussion in English of role of nationalism in the George-circle's appropriation of Hölderlin, see Joseph Suglia, "On the Nationalist Reconstruction of Hölderlin in the George Circle." For an interesting study of Brecht and Adorno's reception of Hölderlin, see Robert Savage, *Hölderlin after the Catastrophe*.

12 It is significant, at the same time, that Agamben pairs Hölderlin with Ingeborg Bachmann, an Austrian who spent the last 20 years of her life in Rome.

and in this way opens itself to a new possible use. In this way, Dante's *La Vita Nuova* and Leopardi's *Canti* are the contemplation of the Italian language, Arnaud Daniel's sesisna the contemplation of the Provençal language, Hölderlin's hymns or the poems of Bachmann the contemplation of the German language, *Les Illuminations* of Rimbaud the contemplation of the French language, and so on. And the poetic subject is not the individual who wrote these poems, but the subject that is produced at the point at which language has been rendered inoperative and, therefore, has become in him and for him, purely sayable.

What the poem accomplishes for the power of saying, politics and philosophy must accomplish for the power of acting. By rendering economic and biological operations inoperative, they demonstrate what the human body can do; they open it to a new, possible use (*The Kingdom and the Glory*, 251).[13]

---

13 A chapter from *The Idea of Prose*, devoted to Paul Celan, provides an important gloss to this passage, and suggests that while Agamben is committed to conceiving of poetry in terms of the uniqueness of the mother-tongue, his concept of the "mother-tongue" is neither merely empirical nor without considerable conceptual nuance. Taking his departure from the multilingual Celan's remark ("I don't believe in bilingualism in poetry ... Poetry is uniqueness in that it is the destiny of language. It cannot be — forgive me this banal truth now that poetry, like truth, loses itself all too often in banality — it cannot, therefore, be doubleness"), Agamben asks: "What kind of experience of the uniqueness of language was here at stake for the poet?" He continues: "It was not, to be sure, simply a question of mono-lingualism that makes use of the mother-tongue to the exclusion of others while

3. Mnemosyne

To demonstrate a "philological" reading of Hölderlin, contesting the monologic still at work in this passage from no less radical a thinker than Agamben, let us now turn to one of Hölderlin's late hymns: "Mnemosyne." Our aim is not to produce an exhaustive interpretation, but only to point in the direction, with a few crucial gestures, of a possible reading.

"Mnemosyne" was likely composed in the fall of 1803, but did not find its way into print until 1916, in Hellingrath's edition, though in a somewhat mangled form (*Sämtliche Gedichte*, 2: 352). In more recent editions, the poem appears in three different fragmentary versions, each of which is quite different. Moreover, there remains significant philological controversy over the constituted text of the poem—the manuscript does not yield a straightforward reading even at the most

---

remaining on the same level as them. It is rather a matter of the experience Dante had in mind when he wrote of the mother-tongue that it 'is the one and only thing first in mind.' There is, in fact, an experience of language that forever presupposes words—in which we speak, so to say, as if we always already had words for the word, as if we always already had a language before having one (the language which we then speak is never unique, but always double, triple, caught up in the infinite recession of meta-anguages). Contrariwise there is another experience in which man remains absolutely without words in the face of language. The language for which we have no words, which doesn't pretend, like grammatical language, to be there before being, but is 'alone and first in mind,' is our language, that is, the language of poetry" (*The Idea of Prose,* 47~48).

basic level.[14]

The second version opens with the following famous and memorable lines:

> Ein Zeichen sind wir, deutungslos
>
> Schmerzlos sind wir und haben fast
>
> Die Sprache in der Fremde verloren (*Grosse Stuttgarter Ausgabe*, 2: 195).[15]

> A sign we are, without meaning
>
> Without pain we are and have nearly
>
> Lost our language in foreign lands (*Hymns and Fragments*, 117),

These lines suggest the radicality of Hölderlin's confrontation with the problem of language. We are a sign without meaning, without reference: a sign that presents itself as signifying something and yet *fails* in the act of signification. A sign without meaning, we might say, signifies nothing else than its own being-a-sign. If we are, moreover, *painless*, it is perhaps because *pain* involves a kind of minimal degree of meaningfulness, experienced even by brute animals. To feel pain is to feel the need to relieve it. Pain, motivating the actions of all animals in so far as they are capable of sensation, orients their

---

14 Cf. *Hölderlin-Handbuch*, 374~375.

15 Cf. *Frankfurter Ausgabe*, 8: 860.

existence around the search for pleasure, granting their existence a minimal, pre-linguistic, meaningfulness.

At this point it becomes necessary to ask who *we* are. "We," *wir*, is of course the plural first-person pronoun. Pronouns belong to a class of words whose meaning is not only context-dependent in an extreme sense, but that refer to the act of utterance itself, and, as Benveniste noted, can only be conceived in terms of this act.[16] But there is, moreover, a crucial difference between "I" and "We" in this regard: whereas "I" can be understood in terms of the one who is uttering the discourse that contains "I," "we" *includes* the "I" but also transcends it. The "we" that constitutes itself in speaking includes the one who speaks, but is, for the most part, not limited to it—there is almost always a representational function at work. Moreover, to totally eliminate this representational function—to constitute a plural utterance in which the *we* has identified itself exhaustively and speaks only for itself—it would be necessary to pass from speech to writing using a juridical formula ("We, the undersigned") or, at the very least, spell things out with an artificial clarity ("when I say 'we,' I mean John and myself"). This explains the extraordinary political potency of "we": it is the political word *par excellence*. To say "we"

---

16 Cf. *Problems in General Linguistics*, 218: "What then is the reality to which *I* or *you* refers? It is solely a 'reality of discourse,' and this is a very strange thing. *I* cannot be defined except in terms of 'locution,' not in terms of objects as a nominal sign is. *I* signifies 'the person who is uttering the present instance of the discourse containing *I*.'"

is always to summon into existence a proto-political community in which the *I* speaks for—represents—more than him or herself, more than those who are speaking.

With this in mind, let us come back to our question. Who are *we*? Who is the "we" as whom, and for whom, Hölderlin writes? The *political* intention of "we," we might say, realizes itself in constituting and consolidating a "reference" for the "we." It involves managing the surplus of signification at work in the "we" as opposed to the "I." In this sense, one could say that the politics of the "we" follows after its utterance or inscription, and amounts to clarifying, after the fact, who *we* are.[17] Literary criticism and interpretation often appear as an exemplary form of this politics—and above all when, in the name of a national literature, it takes the *we* of the author and identifies it with a specific linguistically-constituted national-historical community such as the "Germans." By declaring that the *we* that "we are" is a sign without meaning, the first line of "Mnemosyne" interrupts this process of political (re)interpretation and even renders it defunct. To say that *we* are a sign without meaning is to say that "we" cannot be made to mean this or that political community, this or that group that, constituted by certain common traits, could be identified through descriptive language. *We*, as it were, are nothing more and nothing less than "we": *we* are the sign of language, the 1st person

---

17 In what follows I use quotation marks to indicate the linguistic term and italics to indicate the subject of the utterance constituted through the term.

plural pronoun, and not the group that comes to identify itself as *we*, to call itself "we," so as to take ownership of the poem and make it into the basis of its own identity.

It is in just this way, moreover, that *we* must be painless. The capacity for pain and for a common pain, for a multitude of bodies to feel pain in the same way and at the same thing, stands at the basis of the concrete political community. This point is expressed with clarity by Aristotle in the *Politics*:

> The mere voice, it is true, can indicate pain and pleasure, and therefore is possessed by the other animals as well (for their nature has been developed so far as to have sensations of what is painful and pleasant and to signify these sensations to one another), but speech is designed to indicate the advantageous and harmful, and therefore also the right and the wrong; for it is the special property of man in distinction from the other animals that he alone has perception of good and bad and right and wrong and the other moral qualities, and it is partnership in these things that makes a household and a city-state (1253a).

The household and the city-state alike, the two basic forms of community of which Aristotle speaks, involve a moral partnership: a shared sense, articulated through language, of what is right and wrong. These moral categories, however, remain rooted in the advantageous and the harmful. Even though these are not reducible to the painful and the pleasant, nevertheless they also cannot be completely uprooted from these animal sensations. The language of morality distances us from the immediacy of sensation, and thus allows for political forms of organization to come into being that are capable of enduring present pain for future pleasure or even of pursuing ends that go beyond mere pleasure. But pain and pleasure—our "animal" nature—remain the ground for every form of community, so long as "we" remain human beings and thus also animals. A "painless" community would be a community of gods.

A "painless" *we* is a *we* that is no longer an embodied political community. Just at this point, just as Hölderlin seems to announce a community that can no longer have anything in common—perhaps a community that, as Agamben will seek to articulate, has no other condition of belonging than belonging itself—he turns to the question of language.[18] *We* have almost lost language in what is foreign. Political community, this suggests, is rooted not only in the common *pain* shared by bodies, but in a common language:

---

18 Agamben writes: "What could be the politics of whatever singularity, that is, of a being whose community is mediated not by any condition of belonging (being red, being Italian, being Communist) nor by the simple absence of conditions (a negative community, such as that recently proposed in France by Maurice Blanchot), but by belonging itself?" (*The Coming Community*, 84) Agamben's reflections in this text, which involve a fundamental attempt to rethink the ontological basis of political thought, must be read in conversation with Blanchot's *The Unavowable Community* and also Jean Luc-Nancy's *Inoperative Community*.

a native language, a mother tongue. If *we* have become a sign, without meaning, without pain—if the meaning of *we* can no longer be referred back to a political community—is this not because *we* have lost our own language? This would seem to suggest, moreover, that we should return to the native language, the proper language, the mother tongue, and that the proper task of Hölderlin's poetry is nothing else than to initiate this return, and thus prepare the conditions for a new kind of politics—and, more ominously, a new kind of "nationalism."

I would propose, however, that a very different reading is possible. If *we* have lost language in the "foreign," it is perhaps because this "loss," this capacity for loss, is precisely what is most proper to language; the very essence of its power. Language loses itself in a world that is not *linguistic*, that is other than itself—and it is only by way of this loss, this having-already-been-lost-in-the-world, that it gains the power to signify. For indeed: what is signification other than this relation to alterity. If *we* are without meaning, it is because language, or at least the pronoun "we," no longer comes back to the finitude of meaning by identifying the "we" with a concrete community. But this very identification is only possible by way of the properly linguistic function of the signifier: it is only by way of the signifier that a concrete community is established in its *unity* as community. The "we" at once signifies and suspends signification. It is precisely in this sense that we have not lost language *completely* in what is foreign, but only *almost*. If we had lost *language* completely, it would mean that we have found *community*. The *fast*—the *almost*—allows us, as it were, to remain within language as signifier before it gives itself over to its meaning, losing itself in the signified.

The task of Hölderlin's poetry would not be to return the German language from its self-estrangement to its proper destiny—it would not to be to "contemplate" the proper essence of the German language if only from a perspective of distance and estrangement. Rather, it is to abide in the "painless" state of almost being lost; to give utterance to the *we* that remains "we" without consolidating itself into a determinate political community. This is not to say that Hölderlin's poetry is without a political vocation, but its vocation involves suspending German as a poetic language, a native language, rather than perfecting it.

It is to this end, I would suggest, that Hölderlin turns his own native German into a "learned' language—a language that can be comprehended only by a specifically philological reader, for whom the instincts of the native speaker, rather than guaranteeing the immediacy of access, pose a barrier that must be overcome through a rigorous self-discipline. One could even say that Hölderlin sought to write poetry as if he was as at home among the Greeks, and Ancient Greece, or indeed more at home among them than among the Germans and his own "native" language. But this is not to say that he was fully at home *both* in Greece and Germany, and thus could serve as the ideal messenger of the profound depths of Ancient Greek thought to the Germans. If he could be "at home" among the Greeks, it is only because the "home" of language is never the mother tongue, but the foreign language, the learned language, the "lover tongue" of his beloved Diotima.[19]

"Mnemosyne" is named after the Greek goddess who personifies memory, and who is mother of the nine muses (*Oxford Classical Dictionary*, 704). The arts, this suggests, have their origin in memory: they take us back to what is originary; our first memories; the mother, the originating power, of our being. Memory, as the mother of the muses, is the mother of mothers, and would thus also seem to govern over language as *Muttersprache*, mother tongue. In "Mnemosyne," however, the memory to which Hölderlin calls our attention is precisely that of what is not authentically maternal—not of the first caresses of the mother and mother nature, but rather of something altogether different: what might seem, at first glance, mere erudition, mere book learning. Consider the last stanza of the third version, which, as Detlev Lüders notes, forms the kernel of the poem (*Sämtliche Gedichte*, 2:358):

> Am Feigenbaum ist mein
> Achilles mir gestorben,
> Und Ajax liegt
> An den Grotten der See,

---

19 Diotima was the name that Hölderlin gave both to his lover Susette Gontard (née Borkenstein), the mistress of the house where he worked as a private tutor, and to the modern Greek heroine of his novel *Hyperion*.

An Bächen, benachbart dem Skamandros.

An Schläfen Sausen einst, nach

Der unbewegten Salamis steter

Gewohnheit, in der Fremd", ist groß

Ajax gestorben

Patroklos aber in des Königes Harnisch. Und es starben

Noch andere Viel. Am Kithäron aber lag

Elevtherä, der Mnemosyne Stadt. Der auch als

Ablegte den Mantel Gott, das abendliche nachher löste

Die Loken. Himmlische nemlich sind

Unwillig, wenn einer nicht die Seele schonend sich

Zusammengenommen, aber er muß doch; dem

Gleich fehlet die Trauer (*Grosse Stuttgarter Ausgabe*, 2:198).

Beside the fig tree

My Achilles has died and is lost to me,

And Ajax lies

Beside the grottoes of the sea,

Beside brooks that neighbor Scamandros.

Of a rushing noise in his temples once,

According to the changeless custom of

Unmoved Salamis, in foreign parts

Great Ajax died,

Not so Patroclus, dead in the King's own armour.

And many others died. But by Cithaeron there stood

Eleutherae, Mnemosyne's town. From her also

When God laid down his festive cloak, soon after did

The powers of Evening sever a lock of hair. For the Heavenly, when

Someone has failed to collect his soul, to spare it,

Are angry, for still he must; like him

Here mourning is at fault (*Poems and Fragments*, 589).

The tone of these lines—nowhere else does Hölderlin sound at once so poignant and so strange—suggest the most intimate, painful recollection. And yet the memories, which are claimed by the poet through the evocative use of the personal pronoun and possessive article (*mein* Achilles *mir*), belong not to any experience that he could have had, but to the most famous story of Greek antiquity: the Trojan war. Significantly, moreover, the image of the "fig tree," as Friedrich Beißner observes, is drawn from Richard Chandler's description of his travels in Asia Minor (*Grosse Stuttgarter Ausgabe*, 2: 817, 828). Mnemosyne, the goddess of memory, recalls us not to authentic experience, not to the experiences that are most profoundly our own, but to lore, legend and writing. In earlier poems, Hölderlin seeks to mediate between the Greek and the German; the foreign and the native. Here this mediation seems to break down. The foreign names overwhelm the poem. Hölderlin seems lost in memories that cannot be his own. But he is, I would still insist, not lost, but only almost lost. This "almost," in which the native appears *as* foreign and the foreign *as* native, in which indeed the very opposition breaks down—a multilingualism that has abandoned the desire of the mother tongue—is perhaps, if we may still speak of such, the home of Hölderlin's poetry.

But of course: the poem does not simply evoke Mnemosyne and her cult, which, as Beißner notes, was located in the city of Eleutherae—a city that, even in antiquity, already lay in ruins (*Hölderlin*, 245). It evokes the *death* of the mother of muses. *Her* death, moreover, follows the images of the death of the heroes, beginning with the most famous and most heroic of all heroes from the Trojan war—Achilles. This suggests that the poem is not about the possibility of memory, but its impossibility—or, at the very least, the impossibility of an *authentic* memory born of experience. Were this the case, then perhaps the very studied erudition on which Hölderlin depends—the very lack of a first-hand experience—is merely evidence for this impossibility, and must be taken in a different sense than that which I have proposed. Thus Beißner writes:

Consider now the terrible meaning of this vision of the death of Mnemosyne: that, together with the heroes, their remembrance has also perished, that nothing has been preserved and all faithfulness (*Treue*) is dead! Following the demise of the Greek festival-day, that would be a night without hope for a new morning, a night that is entirely different than the night that is celebrated in the elegy *Bread and Wine* (*Hölderlin: Reden und Aufsätze*, 246, my translation).

But can we regard the death of Mnemosyne as the death of the possibility of remembrance? A very different reading, indeed, seems possible. For the death of the hero, the heroic death, is what first makes remembrance possible: remembrance is the remembrance of what has died, disappeared, and is no longer present. The death of Mnemosyne, in turn, suggests not so much the *death* of remembrance as the possibility of a more radical kind of remembrance: a remembrance that is not conditioned on a present experience that has withdrawn and that we seek to restore through memory, but rather on the original absence of experience — a memory of what we were never there to witness with our own eyes; of what we never experienced as our own most precious, authentic experience.

---

* 이 글은 《比較文學》 vol. 60(2013)에 게재되었다.

Works Cited

Agamben, Giorgio, *The Man Without Content*, trans. Giorgia Albert, Stanford: Stanford UP, 1999.

_____, *The Idea of Prose*, trans. Michael Sullivan and Sam Whitsitt, Albany: SUNY Press, 1995.

_____, *The Kingdom and the Glory*, trans. Lorenzo Chiesa and Matteo Mandarini, Stanford: Stanford UP, 2011.

_____, *The Coming Community*, trans. Michael Hardt, Minneapolis: University of Minnesota Press, 1993.

Aristotle, *Politics*, trans. H. Rakham, Cambridge: Harvard UP, 1990.

Barthes, Roland, *Mythologies*, trans. Annette Lavers, NewYork: Farrar, Straus & Giroux, 1972.

Beißner, Friedrich, *Hölderlin: Reden und Aufsätze*, Weimar: Hermann Böhlaus Nachfolger, 1961.

Benjamin, Walter, "On Language as Such and on the Language of Man," *Selected Writings*, ed. Marcus Bullock and Michael W. Jennings, 4 vols, Cambridge: Harvard UP, 1996, pp. 59~60.

Benveniste, Emile, *Problems in General Linguistics*, trans. Mary Elizabeth Meek, Coral Gables: University of Miami Press, 1971.

Bernal, Martin, *Black Athena: The Afroasiatic Roots of Classical Civilization*, New Brunswick: Rutgers UP, 1991~2006.

Derrida, Jacques, *Of Grammatology*, trans. Gayatri Chakravorty Spivak, Baltimore: Johns Hopkins UP, 1974.

Hägglund, Martin, *Radical Atheism: Derrida and the Time of Life*, Stanford: Stanford UP, 2008.

Herder, Johann Gottfried von, "This Too a Philosophy of History for the Formation of Humanity(1774)," *Philosophical Writings*, ed. Michael N. Forster, Cambridge: Cambridge UP, 2002, pp. 272~358.

Hölderlin, Friedrich, *Hymns and Fragments*, trans. Richard Sieburth, Princeton: Princeton UP, 1984.

_____, *Poems and Fragments*, trans. Michael Hamburger, 4th edition, London: Anvil Press, 2004.

_____, *Sämtliche Werke (grosse Stuttgarter Ausgabe)*, ed. F. Beißner, 8 vols, Stuttgart: Cotta, 1946~1984.

_____, *Sämtliche Werke: Historisch-kritische Ausgabe (Frankfurt Ausgabe)*, ed. D. E. Sattler, 20 vols, Frankfurt am Main: Verlag Roter Stern, 1974~2004.

_____, *Sämtliche Gedichte*, ed. Detlev Lüders, 2nd Edition, Wiesbaden: Aula-Verlag, 1989.

Hölderlin Handbuch: Leben Werk Wirkung, ed. Johann Kreuzer, Stuttgart: Verlag J. B. Metzler, 2002.

Kant, Immanuel, *Kritik der Urteilskraft*, ed. Karl Vorländer, Hamburg: Felix Meiner Verlag, 1990.

McGilvray, James, *Chomsky: Language, Mind, and Politics*, Oxford: Polity, 1999.

Savage, Robert, *Hölderlin after the Catastrophe: Heidegger Adorno Brecht*, Rochester: Camden House, 2009.

Schiller, Friedrich, *On the Aesthetic Education of Man*, trans. Reginald Snell, Mineola: Dover, 2004.

Suglia, Joseph, "On the Nationalist Reconstruction of Hölderlin in the George Circle," *German Life and Letters* 55.4, 2002, pp. 387~397.

Wagner, Richard, *Das Judenthum in der Musik*, Leipzig: J. J. Weber, 1869.

위험한 삼중주

레싱의 《나탄 현자》와 세노작의 《위험한 친족성》

최윤영

1. 위험한 삼중주와 문제 제기

이 글은 근대성과 민족국가가 중첩되어 이해되는 현실에서 근대성의 다양한 맹아들을 재성찰하는 것이, 서구의 근대가 사실은 처음부터 다양성의 존중을 내세웠고 배타적인 민족국가나 제국주의는 근대의 프로젝트 중 일부일 뿐이라는 것을 주장하고자 한다. 이 글에서는 이것을 독일 사회에 두 번 찾아왔던 평화로운 다문화사회 기획의 예를 통하여 논할 것이다.

먼저 독일 근대문학의 기원이라 할 계몽주의의 대표 극작가 레싱 (Gotthold Ephraim Lessing)을 살펴보되 그의 대표작 《나탄 현자(*Nathan der Weise*)》(1779)를 중심으로 분석하면서 기독교, 유대교, 이슬람교 혹은 독일인, 유대인, 이슬람인의 삼중주 속에서 행해졌던 다종교, 다민족의 공존 기획을 살펴볼 것이다.[1] 레싱은 계몽주의 당시 최대의 관

---

1   레싱은 다른 문화뿐 아니라 다른 언어에도 관심이 많아 영어, 프랑스어, 라틴어, 스페인어를 구사하였고, 7000쪽에 가까운 번역 작품들을 남겼다. 레싱의 번역은 질과 양에서 놀라울 정도임에도 아직까지 이루어진 연구가 거의 없다. http://

심사인 종교의 관용 문제를 통하여 다종교, 다문화사회의 가능성을 실험한 작가다. 또한 그의 작품 모델이 된 유대인 모제스 멘델스존의 경우도 다문화주의를 성찰한 사상가라고 할 수 있다.[2]

독일에 찾아온 두 번째 다문화사회의 기회를 다룬, 레싱의 희곡과 비교할 작품은 최근에 나온 자퍼 세노작(Zafer Şenocak)의 소설 《위험한 친족성(Gefährliche Verwandtschaft)》(2009)이다. 세노작은 터키에서 태어나 독일에서 성장했으며, 터키어와 독일어를 구사하는 이중언어 작가다.[3] 그는 독일이 당면한 다문화사회의 문제에 대해 문학 창작뿐만 아니라 다양한 대중매체를 통하여 공공의 영역에서도 자신의 견해를 분명하게 밝히고 있다. 세노작은 문화적 정체성 문제를 언어 문제와 관련지어 이중언어 교육을 주장하기도 했는데, 다음에 인용하는 그의 글은 다문화사회를 구성하기 위한 하나의 제안이다. 그는 《열대 독일의 지도》라는 에세이 모음집에서 다문화정책에서 언어정책이 얼마나 중요한지를 여러 각도에서 주장하고 있다.

비록 공식적으로 부인하지만 독일에서 통합은 오로지 동화라는 일방통행로에서만 일어나야 한다. 터키 문화와 터키 언어가 지금과 같이 지하세계로 억압되고 공공의 지원을 하나도 받지 못한다면, 독일-터키 간의 문화 교류란 사실상 이야기할 수 없는 것이다. 이러한 문화 교류의 무거운 짐은 거의 대부분 이민자의 등에만 지워지고 그 결과물은 아무런 청

---

diglib.hab.de/edoc/ed000146/start.htm 참조.

2 모제스 멘델스존도 유대인으로서 히브리어와 독일어를 능숙하게 구사했다. 《모세 오경》을 독일어로 번역했을 뿐만 아니라 유대인 동포들에게 독일어를 적극적으로 배울 것을 호소했다.

3 세노작도 마찬가지로 터키의 여러 문학작품을 독일어로 번역했다.

중을 기대할 수 없다.[4]

　세노작은 자신의 소설에서 레싱과 마찬가지로 독일인, 터키인, 유대인이라는 삼중의 얽힘 문제를 다루고 있다.[5] 다시 말해서 세 주요 종교 혹은 세 민족 혹은 세 인종의 공존을 다룬다는 점에서 두 작품은 시대를 건너뛰는 드문 공통점을 보여준다. 이러한 삼각구도의 주제는 독일 문학계에서 아직까지 다루어진 적이 없는데 이는 우리나라뿐 아니라 독일 문학계에서도 마찬가지다.[6] 독일의 근대사를 살펴볼 때 독일인과 유대인의 관계라든지 혹은 최근 독일의 다문화 현실로 인해 부각된 독일인과 무슬림 혹은 터키인의 관계는 정치적, 사회적, 문화적 시각에서뿐만 아니라 문학 연구에서도 자주 논의되었다.[7] 그러나 항상 독일 주류 사회와의 관계에서 쌍방향의 관계가 논의되었을 뿐 독일인, 유대인, 무슬림을 모두 아우르는 삼각구도에서는 다루어지지 않았다.

　이러한 비교의 거부는 민감한 문제인만큼 결코 우연이 아니다. 이는 한편으로는 독일 내부에 잔존하는 양심, 다른 한편으로는 이 문제에 대한 주류 사회의 신경질적 두려움에 기인한다고 볼 수 있다. 다시 말해 제3제국에서 실제로 벌어졌던 유대인 추방 및 절멸 문제와 관련

4　Z. Şenocak, *Atlas des tropischen Deutschland*, Berlin: Babal, 1993. 독일에 거주하는 170만 명의 터키인들을 위해 터키어라는 모국어 교육이 얼마나 중요한지, 이러한 언어 교육 없이는 다문화가 얼마나 알맹이 없는 구호인지를 역설한다.

5　Z. Şenocak, *Gefährliche Verwandtschaft*, München: Babal, 1998.

6　돌링어도 이러한 비교의 가능성을 지적했지만 실제로 수행하지는 않았다. R. Dollinger, "Hybride Identitäten, Zafer Şenocaks Gefährliche Verwandtschaft," *Seminar*, 38:1, 2002, S. 60.

7　대표적인 연구로 오한진,《유럽문화 속의 독일인과 유대인 그 비극적 이중주》, 한울림, 2006이 있다.

하여 전후 유대인 문제는 독일 사회의 양심을 건드리는 문제로서 전반적으로 '기억'과 '반성'의 분위기 속에서 끊임없이 주요 화두를 형성해왔다. 동시에 이는 인류사의 가장 큰 비극이자 역사적·일회적 비극으로 간주되어 다른 유사한 문제와의 비교를 거부하는 것이라 볼 수도 있다. 이 점은 가해자인 독일뿐 아니라 피해자인 유대인 집단 모두 마찬가지다. 따라서 독일의 민족주의 문제나 다문화사회 문제를 논의할 때 독일인과 유대인, 독일인과 터키인의 문제는 늘 타자와 관련된 가장 시사적인 문제로 다루어졌지만 이 두 문제를 같은 논의의 선상에서 보는 것은 금기시되었다.[8]

그럼에도 불구하고 현재 차별을 받는 당사자인 소수 집단의 시각에서 볼 때, 혹은 제3자의 객관적 입장에서 볼 때 독일 사회의 가장 큰 이방인을 형성해온 두 집단을 상대로 행해지는 타자화 전략, 인종(차별)주의와 선입견, 스테레오타입 등의 문제를 비교해보면 많은 점에서 유사성과 친족성을 찾아볼 수 있다. 특히 독일 주류 사회에서 가장 대표적 타자라 할 '동방인(Orientale)' 집단은 유대인과 터키인을 번갈아 가면서 지칭한다. 중세부터 동방인 하면 터키인이 거론되었고, '터키인 위험(Türkengefahr)'이라는 말에서 보듯이 기독교 문명은 접경에 위치한 강력한 오스만제국의 이문화 침범을 두려워했으며 실제로 빈은 16세기에 오스만튀르크족의 침공을 당했다. 그러나 18세기, 19세기에는 동방인의 대표는 계몽주의 해방과 더불어 이웃으로 다가온 유대인이

---

8   예를 들어 독일-터키 문학 전문가 예실라다는 세노작과의 인터뷰에서 그가 두 문제를 같이 다루는 것에 대해서 이의를 제기한다. 유대인 문제가 주로 과거사와 관련된다면 터키 문제는 동방인 문제가 핵심이라는 것이다. Vgl. K. E. Yeşilada, "Darf man Türken und Juden vergleichen, Herr Şenocak?," Interview mit Zafer Şenocak, *Der Tagesspiegel*, 13/14, 4. 1995.

었으며, 현재 21세기 독일 사회에서는 터키인들이 다시 최대 이주민 집단을 형성하며 이 역할을 떠맡았다. 즉 유럽 사회에서 타자 집단인 이들은 번갈아 차별의 대상이 되어왔던 것이다.

최근에 있었던 '관용의 한계' 논란도 이와 결부되어 있다. 독일 에센의 터키연구센터 소장인 파룩 젠(Faruk Sen)은 최근 터키의 일간신문에 오늘날 유럽에서 터키인들이 받는 차별은 비록 규모와 외형의 차이는 있지만 과거 유대인들이 유럽에서 받은 차별과 비교해볼 수 있다는 논지의 글을 실었다.[9] 이 글은 계속해서 많은 논란을 불렀으며, 특히 독일 주류 사회에서 격렬한 분노의 반응을 보였다. 예컨대 노르트라인-베스트팔렌 주의 통합담당 장관인 아르민 라쉐트는 파룩 젠의 글이 '수용할 수 있는 한계'를 넘어섰다고 비판하고, 그가 이제까지의 '독일의 통합 정책을 오해'하고 있으며 두 현상을 비교하면 안 된다고 주장했다. 유대인들에게 자행된 반인류적 범죄였던 홀로코스트는 독일인과 유럽인들에게 역사상 유일무이한 현상으로 그 어떤 다른 현상과 비교될 수 없으며, 독일 사회는 전후에 지속적으로 과거를 극복하려는 노력을 기울여왔다는 것이다.

그러나 유럽의 다른 소수 집단이나 터키의 유대인들, 혹은 독일의 유대인 단체들은 이러한 독일의 태도에 놀랍다는 반응을 보였다. 파룩 젠은 소수 집단에 대한 차별이라는 광범위하고 일반적인 현상을 다룬 것으로 홀로코스트만을 주제로 삼은 것은 아니며, 실제 유럽에서 소수민족들이 겪은 차별의 역사는 절멸의 역사보다 덜하지 않은 차별의 역사라는 것이다. 홀로코스트만을 반셈주의적 현실로 보는 것은

9   http://www.taz.de/1/archiv/digitaz/artikel/?ressort=me&dig=2008%2F07%2F
    08%2Fa0115&cHash=3732ba7c46

이를 따로 분리해내어 작금의 현실과는 상관없는 문제로 만듦으로써 거꾸로 거리를 두고 시사성을 인정하지 않는 것이라는 비판을 받을 수 있다.[10] 실제로 독일의 소수민족들은 유대인 차별이라는 과거의 현상과 현재 자신들이 겪는 차별의 현실을 비교해볼 수 있으며, 오히려 이러한 통합 논의를 거부하는 것이야말로 '수용할 수 있는 한계'를 넘어서는 것이라고 지적한다.[11]

최근에 사민당(SPD) 계열의 프리드리히-에버르트 재단에서 수행한 극우파 문제에 대한 통계와 분석을 보면 '반유대주의(antisemitismus)'와 '외국인 증오(ausländerhass)'는 같은 틀 안에서 다루어지고 있다. 이 결과에 따르면 주류 집단과 다른 이방인에 대한 배척은 독일 통일 이후 점차 구동독, 구서독이 상당히 유사한 양상을 보인다.[12] 즉 통일 이전에는 반유대주의가 주로 구서독에 강하게 남아 있었고, 구동독은 사회주의 건설 시기에 나치의 유대인 학살은 파시스트들의 소행으로서 이는 자본주의의 문제라고 못을 박았다. 반파시즘을 국가 슬로건으로 내세우면서 이를 서독에 한정지은 것이다. 이 때문에 전반적인 사회주의의 계몽적인 분위기 속에서 유대인에 대한 반감은 사회적으로 통제되었다. 그러나 통일 이후 구동독 지역에서 반유대주의 성향이 급증하여 현재는 두 지역 모두에서 유사한 양상을 보인다.

---

10 19세기 중반부터 유럽에서 일어난 'antisemitismus'는 말 그대로 반셈주의다. 셈족에 대한 반대라는 점에서 같은 종족으로 분류되는 유대인과 아랍인 모두에게 해당하는 말이다. 이를 이미 우리나라에 고착된 '반유대주의'나 '유대인 배척주의'라 번역하면 아랍인에게는 해당하지 않는 문제가 발생한다.

11 Ebd., 일간지 《taz》에 소개된 S. Lagodinsky의 입장도 마찬가지다.

12 이 재단의 연구결과는 〈위기에 처한 중간층(Die Mitte in der Krise)〉이라는 제목으로 인터넷에서도 읽을 수 있다. http://library.fes.de/pdf-files/do/07504.pdf 참조.

2000년 이상 유럽 사회를 떠돌면서 어느 정도 통합되어 외모나 언어, 문화적으로도 크게 구별이 안 되는 유대인들에게 행해지는 반유대주의 문제를 외국인 배척주의 문제와 같은 선상에서 논의하기 위해 최근에는 '외국인 증오(ausländerfeindlichkeit)'라는 용어가 '이방인 증오(fremdenfeindlichkeit)'로 대치되고 있다.[13]

세노작의 다음과 같은 인용문은 일차적으로 통일 직후 독일에서 우후죽순 일어난 외국인 테러와 방화 사건에 대한 입장 표명이지만 피해자의 입장에서는 두 문제 모두 인종주의의 산물이자 주류 사회의 이방인 배척이라는 점에서 동일한 맥락으로 해석된다. 해결 방안으로 '비판적 공공성(kritische öffentlichkeit)'의 유지가 공통적으로 제시되고 있다.

> 독일 지도에 다시금 불꽃과 죽은 자의 머리로 표기되는 장소들이 생겼다. 나치가 지난 지 반세기도 되지 않았는데 독일 땅에 이방인에 대한 폭력이 마치 마른들의 들불처럼 퍼져나가고 있다.
> 다시 한 번 분명해지는 것은 비판적 공공성은 민주적이고 다원적 사회들에서는 항상 소수에 의해서만 지탱되는데 이 소수들은 언제나 그들의 발언과 공적인 사고와 간섭을 통하여 주류 사회에 자극을 주고 이를 통하여 민주적 과정에 붙들어매야만 하는 것이다.[14]

레싱과 세노작의 작품은 드물게 독일 문화, 유대인 문화, 터키(아랍) 문화라는 세 종교 혹은 세 문화의 공존 방식에 대한 담론을 전개하고 있다. 두 작품을 비교할 때 작품 사이에 놓인 230년간의 변화를 동시

---

13 R. Schami, *Damals dort und heute hier: Über Fremdsein*, Freiburg im Breisgau: Herder, 1998, S. 67.

14 Z. Şenocak, *Atlas Des Tropischen Deutschland*, a.a.O., S. 45.

에 고려할 것이며, 이를 통해서 다문화사회의 문제를 어떻게 풀어나갈
수 있는지 고찰해보도록 하겠다.

2. 레싱의 이중 해법

레싱은 독일의 대표적인 계몽주의 극작가로서 그의 작품은 계몽주
의의 모토라 할 '세계시민'과 '관용'이라는 개념을 중심으로 자주 논의
되었다. 특히 '관용'은 당시의 시대 맥락에서는 무엇보다도 종교적 관
용으로서 그의 대표작 《나탄 현자》의 주제와 깊은 관련이 있다. 이 희
곡은 유럽 문학사에서 독보적인 작품이라 할 수 있는데 독일 문학사뿐
만 아니라 유럽 문학사 전체를 살펴보더라도 이제까지 나온 작품 가운
데 자기 사회에 떠돌이이자 이방인으로 들어온 유대인을 주인공으로
삼아 그들을 긍정적인 성격으로 묘사하면서 동시에 작품성이 뛰어난
경우는 거의 없었기 때문이다. 이 작품은 독일의 과거 극복과 반성의
차원에서 학교 권장 도서로 많이 읽혀왔지만, 최근 터키계 주민에 의
해 형성된 새로운 독일의 다문화사회 현실을 염두에 두면서 다시 읽어
도 시사하는 바가 클 것이다.

레싱은 당시 기독교 목사로 정통 기독교를 대변한 괴체와 오랜 종교
논쟁을 벌인 후에 이 작품을 썼다.[15] 레싱이 이성종교를 주장하는 라
이마루스의 글을 익명으로 출판하자, 괴체는 계시종교의 입장에서 기
독교를 유일한 진리로 옹호하면서 이는 비판적 인식의 대상이 아니라

---

15 이 논쟁에 대해서는 윤도중, 〈레싱의 〈현자 나탄〉에 나타난 관용과 박애 사상〉, 《독
    일문학》 46, 1991, 141쪽 이하 참조.

고 주장했다. 레싱은 계몽주의적 이성의 입장에서 진리는 신에게만 속해 있고 인간의 가치는 진리를 위한 성실한 노력으로 평가받는다는 입장을 개진하였고, 모든 종교의 동등한 가치와 이에 대한 종교적 관용을 요구했다. 레싱  의 희곡은 이러한 사상의 문학화였다. 레싱은 종교와 철학에 관한 문제를 논의했던 유대인 친구 모제스 멘델스존을 나탄 현자의 모델로 삼았다. 독일 계몽주의의 관용과 대화를 상징하는 것으로 해석되는 위 그림은 바로 레싱과 멘델스존을 모델로 한 것이다.[16]

1) 공간적 배경으로서의 예루살렘

레싱은 작품의 시공간적 배경을 자신이 살고 있는 베를린이 아니라 십자군 전쟁 시기의 예루살렘으로 옮겨 당시의 시사적 논점이었던 종교의 관용 문제를 다룬다.[17] 예루살렘은 종교와 관련하여 상징적인 의

---

16 다른 한 명은 라바터다. 이 그림과 판화는 계몽주의적 관용의 상징으로 알려져 있지만 라바터와 멘델스존의 대화는 진지하고 논쟁적이었고 평화로운 결말로 끝나지는 않았다.

17 당시에는 아직 독일이라는 통일 민족국가가 존재하지 않았고, 신성로마제국이라는

미가 큰 공간이다. 유대교와 기독교의 성지이면서 동시에 이슬람의 성지이기 때문이다. 레싱의 작품은 이슬람의 술탄이 지배하는 도시 예루살렘에서 전개되는데 이 동방의 도시를 공간적 배경으로 선택한 것은 여러 가지 의미가 있다.

우선 레싱이 논쟁을 벌이던 독일 땅에서 멀리 떨어져 있어 거리 두기가 가능한 공간이다. 또한 술탄이 지배하는 도시는 기독교와 교회의 권한이 약화된 공간을 보여준다. 인물들의 성격에서도 이러한 의도가 드러난다. 술탄은 유럽인이 생각하는 아랍인에 대한 선입견이나 스테레오타입에서처럼 포악하고 낯선 전제군주가 아니라 가난한 사람들에게 자비를 베풀고 진리와 도덕에 대해 열린 태도를 가진 나름대로 훌륭한 지도자로 등장한다. 그는 자신의 도시에서 무역을 하는 유대인들에게 상업의 자유를 허용하며, 전쟁 포로로 잡힌 기독교인 성당기사 중 한 명을 죽은 동생과 닮았다는 이유로 살려주는 자비로움도 보여준다. 이러한 술탄의 긍정적 성격화는 이슬람에 대한 선입견을 없애는 데에도 목적이 있지만 그보다는 기독교의 독점적, 우월적 지위를 약화하는 데 더 큰 목적이 있다고 보는 것이 타당하다. 이 작품이 세 종교의 동등함과 상호 인정을 주장하고 있다고 하지만 작품을 자세히 읽어보면 독선적인 대주교나 레하의 하녀 다나를 통해 특히 기독교에 대한 비판이 많은 것을 알 수 있기 때문이다. 여기에서 이 작품의 성립사와 결부된 당대의 종교 논쟁들에서 레싱의 입장을 다시 상기하게 된다. 예루살렘은 종교 간 긴장이 넘치는 곳이지만 술탄의 선정으로 다문화, 다종교의 도시로 나타나는 것이다.

느슨한 틀 안에 프로이센 공국과 수많은 연방국가의 형태로 구성되었다. 그렇지만 편의상 독일어를 쓰는 국가들을 통칭하는 의미에서 독일이라는 이름을 사용한다.

2) 반지의 우화

술탄은 그의 선정으로 인해 궁정의 재정이 고갈되자 이를 메우기 위하여 현자로 널리 알려진 유대인 나탄을 불러 그를 압박하려는 의도에서 종교적 진리를 묻는 논쟁을 벌인다. 술탄은 이때 동등한 위치에서 대화나 논쟁을 벌인 것이 아니라 지배자라는 유리한 위치를 배경으로 질문한다. 그는 또한 상인에게 질문을 던진 것이 아니라 나탄이 현자로 불린다는 사실을 상기시키면서 질문을 던져 그를 궁지로 몰아넣는다. 즉 기독교, 유대교, 이슬람교 세 종교 중에서 어느 하나만이 진실한 종교라면서, 과연 어느 종교가 진리를 대변하는가라는 직접적이고 시사적인 질문을 던진 것이다.

이 질문은 대답을 강요당하는 유대인 나탄의 입장에서는 명예뿐 아니라 목숨까지 걸린 위험한 질문이다.[18] 이에 나탄은 직접적인 대답을 하지 않고 우회적으로 전해져 내려오는 우화를 제시한다. 이러한 우회적 대답은 수천 년 동안 이방인으로 살아온 유대인들의 수사학이자 생존 전략이라고도 볼 수 있다.

레싱의 이야기는 보통 '반지의 우화(Ringparabel)'로 알려져 있는데, 다음과 같다. 집안 대대로 한 명의 후계자에게만 반지를 물려주는 부유한 상인이 서로 우열을 가릴 수 없는 뛰어난 세 아들을 두었다. 그는 고심 끝에 반지를 똑같이 복제해 세 아들 모두에게 상속자임을 상징하

---

18 이 술탄의 진리를 물어보는 질문은 나탄에게 치명적인 답변을 유도하려는 것이었다. 만약 나탄이 신념에 따라 진정한 종교가 유대교라고 대답하면 술탄과 이슬람을 모욕한 죄로 죽을 수 있고, 이슬람이라고 대답하면 이는 자신의 신념을 어긴 것이므로 유대인으로서의 정체성을 포기하는 것이 되기 때문이다.

는 반지를 남겨준다.[19] 자신이 진짜 반지를 받았다고 생각하는 세 아들은 서로 다투다 소송을 걸게 되고, 재판관은 아버지의 뜻을 다음과 같이 해석한다.

> 자기 반지에 박힌 보석의 신통력을 현현시키려고 경쟁하라. 온유함과 진정한 화목과 옳은 행동과 신에 대한 진정한 복종으로써 그 신통력을 돕도록 하라.[20]

이 판결의 의미는 그 어떤 종교도 그 자체로 진리를 갖는 것이 아니므로 각자 자신의 종교가 진리를 드러내는 종교가 되도록 노력하라는 것이다. 또한 다른 종교를 인정하라는 계몽주의적 관용의 의미가 잘 드러난다. 이 대화를 통하여 술탄과 나탄은 반지가 상징하는 진정한 종교는 인간애와 덕, 그리고 신앙심에서 드러난다는 데 서로 의견의 일치를 보고 친구가 된다. 다문화사회의 가장 중요한 덕목인 상호 간의 '인정(anerkennung)'은 이야기의 내용으로도, 실제의 행위로도 실현된다. 'anerkennung'은 어휘 그대로 상대방을 '알아보고(erkennen)' '가까워짐(an)'을 의미한다. 그러나 대부분의 해석에서 그러하듯 레싱은

---

19 이 반지와 결부된 최근의 흥미로운 주장은, 이 반지가 오팔로 만들어졌고 당시에 이 재료는 복제가 불가능했기 때문에 기술자가 반지를 처음부터 셋 다 복제를 했으리라는 것이다. 키퍼는 이를 원대상이 없는 상징이라고 보는 기호학적 입장에서 논의를 전개했지만, 다른 한편 진짜 반지가 하나만 존재하고 나머지 둘은 복제한 것이라면 여전히 진실한 종교는 무엇이냐는 논란을 불러일으킬 수 있으므로 흥미로운 해석으로 볼 수 있다. Vgl. K. H. Kiefer, "Das Märchen von der Toleranz-Transreligiöse Hermeneutik in Lessings, Nathan aus kultursemiotischer Sicht," 《독일어문화권연구》 16, 서울대학교 독일어문화권연구소, 2007, S. 174.

20 G. E. Lessing, "Nathan der Weise," *Werke in 8 Bänden*, hrsg. v. H. Göpfert, München, Darmstadt 1970~1979, Bd. II, S. 280.

계몽주의의 주요 이념인 종교의 관용을 상징적으로만 작품의 주요 메시지로 집어넣은 것만은 아니다. 우리에게 작품의 핵심 내용으로 익히 알려진 반지의 우화는 3막에 나오고, 작품은 5막까지 계속 진행되기 때문이다.

3) 두 번째 결합 장치로서의 가족애

작가는 이러한 이성과 도덕의 장치 외에 더 강력한 종교 간의 결합의 장치를 배치하는데, 이는 앞서의—각자의 입장에서 서로 어긋날 수 있는—인물들의 대화에서 더욱더 강력하게 작가의 의도를 보여준다. 그것은 바로 이성 간의 사랑과 가족이라는 피(혈통)를 통한 연결이다. 작품 속에서 술탄에게 구원을 받은 성당기사는 나탄의 딸 레하를 불 속에서 구해주고 둘 사이에는 사랑이 싹튼다. 이러한 개인 간의 열정으로 묶인 사랑의 관계는 위험에 처하기도 하고 종교 갈등을 야기하기도 하지만 술탄, 나탄, 성당기사가 한자리에 모여 나누는 대화를 통해서 해결된다.[21]

이때 출생의 비밀이 밝혀지는데, 성당기사와 레하는 오누이임이 드러난다. 성당기사는 술탄의 행방불명된 동생인 왕자 아사드와 독일 기독교의 귀족 슈타우펜 가문의 딸 사이에서 태어났다. 하지만 십자군 전쟁의 와중에서 태어나 친부모가 누구인지 모르고 슈타우펜가에서 외삼촌 슬하에서 독일계 기독교인으로 키워졌다. 십자군 전쟁은 기독교와 이슬람 사이의 피비린내 나는 전쟁이었으나 두 종교의 접촉

---

21 괴체 논쟁은 반지의 우화뿐만 아니라 인물 설정, 술탄의 질문 등 작품 요소요소에서 두드러진다. 이에 대해서는 윤도중, 위의 논문 참조.

을 가져왔고 사랑을 낳았던 것이다. 전쟁이 끝날 무렵에 태어난 여동생 레하는 어머니가 죽고 아버지도 위험에 빠지자 그의 절친한 친구인 나탄에게 맡겨져 자란다. 즉 이슬람교도와 유대교도 사이에도 친자식을 맡길 만한 진한 우정이 존재했던 것이다. 나탄은 일곱 아들을 전쟁에서 모두 잃고 실의에 빠져 있다가 친구의 딸을 맡아 친딸처럼 키웠고, 기독교도 유대교도 이슬람교도도 아닌 보편적 신의 섭리만을 가르쳤다. 즉 유대인 나탄은 이슬람의 땅에서 이슬람교도와 기독교도 사이에서 태어난 딸을 길렀고, 이 딸은 술탄의 조카이지만 외가에서 기독교의 성당기사로 성장한 사람을 연인으로 만났다가 오빠임을 알게 된 것이다. 레싱은 반지의 우화를 통해 정신적 계몽에만 그치지 않고 치밀한 구상을 통하여 육체적으로도 이들이 서로 가족관계로 얽히게 만들었다. 작품의 마지막에서 나탄은 양부로 계속 남고, 숙부인 술탄은 부모를 잃은 오누어의 친부 역할을 맡는다. 마지막에는 모든 인물들이 결국 연인 간의 관계보다 더 강하고 더 변치 않는 부모 자식의 관계와 오누이라는 형제자매의 관계로 얽히고설키며, 이들이 서로 포옹하는 것으로 끝난다.

모두들 말없이 포옹을 반복하는 가운데 막이 내린다.[22]

모두를 포용하는 결말은 이와 반대의 극에 서 있는 셰익스피어의 희곡 《베니스의 상인》과 비교해보면 그 차이가 더욱 두드러진다. 영국의 극작가는 작품 속에서 기독교와 유대교를 흑백논리로 비교하며, 묘사 역시 일방적이다. 예를 들어 인물들의 관계에서도, 생사를 넘어서

---

22 G. E. Lessing, a.a.O., S. 347.

는 기독교인 안토니오-바사니오의 우정에 대비하여 고립되고 복수심에 가득 찬 고리대금업자 유대인 샤일록을 등장시키며, 빚과 이자뿐만 아니라 기독교인의 심장, 피를 요구하는 극단적으로 '사악한' 인물로 성격화한다.[23] 역사상 유대인에 대한 부정적 선입견을 대표적으로 전달해주어 그 편향성이 문제시되는 이 희곡은 인물 설정에서뿐만 아니라 재판 후에도 기독교도의 배타성을 보여주면서 스스로 문제를 드러낸다. 즉 기독교인의 피를 단 한 방울도 유대인에게 줄 수 없다는 판결과 함께 샤일록은 기독교로 개종하도록 명령받고 재산을 압류당하며, 무대의 법정에는 기독교인들만이 남게 되기 때문이다. 샤일록은 기독교도 안토니오의 요구에 따라 전 재산뿐만 아니라 유대인으로서 그의 정체성의 핵심인 종교까지도 빼앗기는 판결을 받는다.[24]

> 다른 두 가지 조건으로서 첫째는 이러한 은전에 대한 보답으로 저 사람〔샤일록—옮긴이〕이 즉시 기독교로 개종할 것, 둘째 자기 유산 일체를 딸과 사위 로렌초에게 양도한다는 증서를 이 법정에서 작성할 것, 이 두 가지를 요구하겠습니다.[25]

최근 독일의 다문화주의 논쟁을 지켜보면 '다문화주의(multikulturalismus)'가 한편으로는 각 문화 사이의 동등한 가치와 상호 인정에

---

23 샤일록이라는 인물의 성격 분석에 대해서는 지그리트 바이겔 지음, 오성균 외 옮김, 〈샤일록과 상자 선택〉, 《문학과 문화학》, 한울, 2008, 160쪽 이하 참조.

24 이 때문에 셰익스피어의 《베니스의 상인》은 분명 작품의 문학성과는 동시에 혹은 별개로 특정 종교와 특정 인종 집단에 대해 배타성을 보여주는 작품으로서 논쟁적으로 읽어야 할 것이다.

25 윌리엄 셰익스피어 지음, 정인섭 외 옮김, 〈베니스의 상인〉, 《셰익스피어 전집》 4, 상서각, 1980, 183쪽.

기반을 두고 전개되었지만 동시에 그 이면에서는 서로에 대한 무관심과 냉담함, 대화의 단절로 특징지어지는 양상을 보여준다. 이에 반하여 레싱의 해법은 이미 오래전에 이슬람, 기독교, 유대교의 상호 인정과 동등함을 강조하면서도 가족의 관계로 매우 끈끈하게 얽어놓았다는 점에 그 특징이 있다.

독일 사회에 1960년대 이후 이주 노동자들이 대규모로 유입되면서 현재 외국 배경을 가진 국민의 비율이 전체의 6분의 1까지 늘어난 다문화사회가 되었음에도 불구하고 이를 수용하지 못하고 외국인들의 적응과 동화만을 주장하다가 최근에야 외국인 정책의 패러다임이 바뀐 현실을 생각해보면, 또한 아직도 이러한 삼중 대화가 이루어지기 힘든 현실을 고려해보면, 230년 전 레싱의 이중 해법은 시사하는 바가 많다고 하겠다.

3. 다문화와 동화

레싱의 희곡(1779)과 세노작의 소설(2009) 사이에는 거의 230년이라는 시간의 간극이 있다. 그사이에 독일 땅에서 무슨 일이 일어났는가? 레싱과 멘델스존의 제안은 유럽 보편주의의 큰 틀 안에서 각자 자신의 문화를 유지하면서 상대편의 문화를 존중하고 포용하며 서로 교류하자는 것이었다. 19~20세기 서유럽에 살던 가장 큰 타자 집단이었던 유대인들은 그러나 레싱이 생각했던 것처럼 자신의 문화와 정체성을 간직하는 가운데 유럽 기독교 문화와 공존하거나 통합된 것이 아니라 계몽주의의 물결 속에서 자신들의 언어와 문화를 버리고 독일 사회에 동화되어갔다. 실제로 계몽주의의 모토가 다종교 간의 관용뿐 아니라 이성에 기반을 둔 보편주의라면, 유대인의 동화는 계몽주의의 다른 일면을 추구한 것으로 계몽주의가 지닌 내적 모순과 균열을 보여준다. 초기 유대인 계몽주의자 멘델스존은 레싱과 마찬가지로 각자의 문화와 전통을 유지하는 가운데 보편주의 속에서 서로 소통하는 모델을 제안한 것이지 한 집단이 다른 집단 속에 완전히 동화되어 편입되는 것을 주장하지는 않았다.

그러나 실제 역사에서 19세기에 민족주의가 발흥하면서 대다수의 유대인 집단이 택한 길은 정도의 차이는 있지만 다문화사회로의 '통합(integration)'이 아니라 민족국가로의 '동화(assimilation)'였다. 이들은 전통적으로 기르던 수염을 깎고 새로운 표준독일어를 익히고 고등교육 기관에서 교육을 받고 세속적 직업을 가졌을 뿐만 아니라 산업혁명에 뛰어들어 중산층으로 편입되고 자발적으로 개종하고 개명까지 했다. 유대인의 종교와 문화는 점차 명절에나 경험하는 과거의 것으로 바뀌어갔고, 그들은 자신들의 고유함과 다름을 버리고 주류 사회에 포섭되어 혼합 정체성을 만들어갔다.

그러나 이들이 마주친 것은 이렇게 변모한 그들을 포용하고 수용해주는 사회가 아니라 그들로 인한 자신들의 정체성의 위기와 위험을 지적한 주류 사회였고,[26] 다시금 자신들을 배척하는 '반셈주의(antisemitismus)'였다. 즉 종교와 언어와 문화가 그들과 같아졌지만 이제는 피, 인종, 몸이 다르다고 배척받았던 것이다. 결국 이들은 카프카 세대가 토로하듯이 과거도 현재도 자신들을 규정하거나 구제해줄 수 없다는 이중의 소외에 직면했고, 이어지는 제3제국의 '쇼아(Shoah)'의

---

26 19세기의 최대 타민족 집단은 유대인이지만 많은 독일인들이 미국 등으로 이주했고 폴란드에서 많은 이민자들이 들어왔다. 이때 동유럽의 포그롬으로 인하여 러시아와 폴란드의 유대인들도 독일 사회에 많이 유입되었다.

비극을 맞이하게 되었다.[27]

독일-유대계 작가인 장 아메리는 독일 시민에서 유대인을 배제하는 뉘른베르크 법이 통과되었다는 기사를 읽고 느꼈던 동화 유대인의 정체성의 혼란을 아래와 같이 묘사한다.

> 내가 뉘른베르크 법을 읽었을 때 그렇다고 해서 반시간 전보다 더 유대적이 되지는 않았다.[28]

자신의 정체성을 법적으로 규정하면서 동시에 배척하는 타자에 의한 자기규정에 맞닥뜨렸을 때의 충격과 혼란도 크지만 이에 버금가는 것은 스스로를 유대인이라고 생각할 수 없는 불가능성의 인식이다. 이들은 유대인으로서 죽어간 것이 아니라, 독일인이기를 거부당하고 또한 유대인이면서도 유대의 전통을 모르고 학살당했다는 데 더 큰 비극의 계기가 있는 것이다. 이러한 혼란의 200여 년이 지난 후 독일 땅에서는 레싱과 같은 문제로 고민하는 작가가 소설을 쓰게 된다.

4. 세노작의 《위험한 친족성》

자퍼 세노작은 최근 활발하게 독일-터키계 지성인의 목소리를 내는

---

27 나치의 집단수용소에서는 초창기에는 정치범들이 많았지만 나중에도 유대인뿐 아니라 Sinti와 Roma라 불린 집시들과 아프리카인 등 소수 집단들도 많이 수용되었다.

28 J. Améry, A. B. Kilcher hrsg., *Lexikon der deutsch-jüdischen Literatur*, Stuttgart: Suhrkamp, 2003, S. 15.

작가다.[29] 그의 소설 《위험한 친족성》은 이러한 비극적 과거 역사를 배경으로 하면서 동시에 터키 이주 노동자들의 대규모 독일 이주라는 현대적 현상을 배경으로 전개된다.

1) 공간적 배경으로서의 이스탄불과 베를린

레싱의 작품은 종교적 관용이라는 주제에 걸맞은 세 종교의 본산지 예루살렘을 배경으로 펼쳐진다. 세노작의 작품은 현대의 이스탄불과 베를린을 번갈아 가면서 다문화사회의 실험장으로 삼고 있다. 작가는 이스탄불을 배경으로 독일인, 터키인, 유대인의 역사와 얽힘과 설킴을 다각도에서 세밀하게 고찰한다.

근대 이후의 역사만 살펴보더라도 이 세 민족은 두 도시에서 매우 복잡다단하게 착종된 정치사, 경제사, 문화사를 보여준다. 이는 한편으로는 기존의 역사를 보충한다는 의미도 있지만 다른 한편으로는 민족국가 역사의 단일성을 비판한다는 의미를 지닌다. 19세기 이후에 성립된 '민족국가'가 결코 단일민족들의 통합으로 갈등 없이 세워진 것이 아니라 국내외의 복잡다단한 역사와 집단 간의 갈등을 국가의 공권력과 폭력으로 억압하고 건립되었음을 보여주기 때문이다.

---

29 자퍼 세노작은 1961년 터키 앙카라에서 태어나 이스탄불과 뮌헨에서 성장하였다. 1990년 이후부터 베를린에 거주하면서 시인이자 에세이 작가, 언론인으로 활약하고 있고 다수의 문학상을 받았다. 소설과 시, 에세이 외에 정기적으로 언론매체에 독일 다문화사회에 대한 글을 기고하는 한편, 방송매체에서도 활동하는 영향력 있는 작가다. 방송사의 토크쇼 프로그램을 진행하고 있고, 일간지 《taz》에 주로 다문화, 상호 문화 이해에 대한 글을 정기적으로 기고함으로써 독일의 일반대중들에게 동양-서양의 문제, 터키 이민자 문제, 독일 주류 사회 문제 등에 대한 관심과 경각심을 불러일으켰다. 국내에서는 아직까지 다루어진 적이 없는 작가다.

게다가 독일은 1990년에 재통일되면서 과거의 아픔과 비극을 잊어버릴 위기에 처해 있다. 민족의 통일사가 이렇듯 여러 갈래로 얽혀 있음을 보여주는 것은 바로 이러한 현실에 대한 경고라 할 수 있다.

먼저 터키와 유대인의 역사를 살펴보면 중세 이후 스페인에서의 유대인 추방 이후 많은 유대인들은 오스만제국으로 피난을 왔고 이 나라에서 보호를 받았다. 따라서 오스만제국은 투르크족과 유대인의 평화로운 삶을 상징해왔다. 또한 독일과 터키는 1차 세계대전에서 같은 동맹국으로 전투를 치렀다.

세노작의 소설에서 주인공의 할아버지는 부유한 상인이자 독일-유대계 엘리트로서 터키 땅에서 동맹국의 독립을 위해 싸운 군인이었다. 외할아버지는 러시아어와 그리스어를 할 줄 알았고 터키 건국에 혁혁한 공을 세우고 명예와 권력과 부를 쌓았다. 이후 독일로 돌아갔던 할아버지 가족은 히틀러가 정권을 잡자 미련 없이 이스탄불로 도피해와서 터키의 독일 붐에 일조했다. 많은 독일-유대계 가족이 이스탄불을 도피처로 선택했던 것이다. 1차 세계대전 때 이미 무기 제작과 전투로 터키인들에게 독일의 이미지를 심어주었던 독일인들은 이번에는 주로 박해받던 지식인, 예술가들이 피난을 와 대학을 세우고 문화적 르네상스를 이루는 데 일조했다. 그러나 이 과정에서 갈등도 많았는데 터키 내부의 여러 소수민족들이 터키 민족국가가 세워지면서 끔찍한 박해를 받고 추방되거나 살해당했다. 특히 오스만제국이 무너지면서 터키의 기독교인, 아르메니아인들과 유대인들은 서로 적대적인 관계가 되었다. 수수께끼에 둘러싸인 할아버지는 바로 이러한 민족국가 건립의 영웅이자 동시에 소수민족 아르메니아인 박해에 앞장을 선 모순적 인물이다.

새로운 시대의 터키와 독일인, 유대인의 관계를 다루는 또 다른 다문화의 무대는 베를린이다. 통일 이전에는 독일인의 반유대주의가 서독에서만 문제시되었고 서독의 반외국인 정서도 그다지 강하지 않았다면, 1990년 독일 민족의 통일은 잠재된 타민족 증오라는 감정의 판도라 상자를 열었고 그로 인해 외국인, 소수민족, 유대인, 이민자 들은 갑작스럽게 배타적 현실에 직면했다. 보수적인 대도시 뮌헨과 달리 독일에서 가장 열린 다문화 도시로 알려진 베를린에서 통일 후 이러한 갈등은 노골적으로 터져 나왔다. 이러한 공간에서 삼중주의 갈등은 어떻게 펼쳐질까? 통일 이후 주류 사회와 유대인, 혹은 주류 사회와 터키계 이민 사회가 어떤 관계를 맺어왔는지, 그리고 각각의 집단은 서로 어떤 관계를 보여주는지도 흥미로운 주제일 것이다.

2) 다문화 결합 장치로서의 혈통

세노작의 이 작품은 장르를 분류할 때 의견이 분분하다. 전체적으로 픽션과 에세이 등 여러 장르의 형식이 섞여 있고, 일부는 그가 여타 언론에 출판한 글들과 유사한 형식과 내용을 보여주지만 이 텍스트는 에세이나 신문 모음집이라기보다는 소설로 보는 것이 더 타당해 보인다. 우선 화자가 이야기하고 주인공이 등장하는 허구의 스토리가 펼쳐지고, 가장 주된 사건은 할아버지의 죽음의 비밀을 캐는 것인데 화자가 결국 이 이야기를 지어내고 있기 때문이다.

또한 작가는 주인공을 독특하게 성격화하는데, 그는 전형적인 유대인이나 전형적인 터키인, 즉 대규모 이주노동으로 독일에 들어온 터키인이 아니라 복잡한 삼중주의 역사를 자신의 몸에 간직한 샤샤 무테쉠(Sascha Muhteschem)이다. 이러한 의미에서 그는 독특한 개인이며 전업 작가이고 프리랜서이자 코스모폴리탄이다. 출신을 보더라도 샤샤는 레싱이 주장했던 것보다 일보 진전한 혼종적 정체성을 보여준다. 즉 샤샤 개인의 몸은 독일 다문화사회의 역사와 대표적 정체성이 모두 드러나는 장소로서 기능하는데, 친가는 터키 계통의 정치가 가계이고 외가는 유대계 독일인이다. 그러니까 독일-유대-터키계 청년인 것이다.

친할아버지는 터키 건국을 도운 스파이이자 터키 독립운동가이지만 터키의 아르메니아인 집단학살에 책임이 있으며, 마흔 살에 의문의 자살을 한 인물이다. 외할아버지는 대다수 유대인이 그러했듯이 계몽주의의 흐름 속에서 전통적 유대교와 신앙을 버리고 이성적 계몽주의를 신앙으로 삼고 독일 사회에 완전히 흡수된 전형적인 성공한 동화 유대인 상인이다. 2차 세계대전 당시 나치 박해를 피해 유대인 혈통을 가진 외할아버지 일가가 이스탄불로 피난을 가면서 아버지와 어머니가 결혼해 샤샤가 태어난다. 이러한 복잡한 개인을 만든 것은 국가나 민족의 정체성 문제가 공적인 차원에서뿐만 아니라 사적인 차원에서도 개인에게 중요한 문제이며 복잡한 정체성 문제가 일어날 수 있다는 것을 보여주려는 의도에서다.

어머니는 전쟁 후 뮌헨 근교의 고향으로 귀향하고, 아버지는 코스모폴리탄이자 개인주의자로 전 세계의 호텔을 집 삼아 떠돌아다닌다. 부모는 정반대 삶을 선택하지만 과거와의 정면 대결을 회피한다는 점에서는 공통점이 드러난다. 어머니는 아들을 온전한 독일인으로 키우기 위해 외가의 유대인 학살 피해나 친가의 터키계 과거를 가르치지 않고, 아들에게 조금 남아 있는 터키에서의 기억마저 지우려 한다. 이는 독일적 전통에 대한 추구보다는 아들을 보호하려는 생존 전략으로 이해할 수 있다.

과거에 대한 독일 주류 사회의 공식적 입장이 가해자로서의 기억과 반성에 있다면 피해자들의 태도는—일반인의 인식과는 달리—다양했다고 할 수 있다. 가해자-피해자의 이분법으로 가해자의 반성을 촉구하는 입장만 있었던 것은 아닌 셈이다. 예컨대 프리모 레비는 생존자를 두 집단으로 나눈다. 첫 번째는 잊고자 애쓰면서도 악몽에 시달리고 양심의 가책을 받거나 무에서 다시 삶을 시작한 사람들이고, 두 번째는 기억하는 것이 의무라고 생각하는 사람들이다.[30] 대표적인 전후의 유대 지식인 아도르노, 한나 아렌트 같은 이들과 장 아메리, 엘리 위젤 같은 나치 수용소 생존자들은 독일 사회가 과거를 망각하지 말고 늘 깨어 있기를 촉구했다. 위젤에 따르면 기억은 속죄 행위이고, 이를 통해서 내일의 비극을 방지할 수 있기 때문이다.[31] 아메리는 《죄와 벌의 저편에서(Jenseits von Schuld und Sühne)》라는 에세이 모음집에서 '원한(ressentiment)' 같은 특수한 감정을 희생자-생존자의 개념으로 내세우고 화해를 거부하며 전후 독일 사회의 변화와 이스라엘의 지속적인 변화를 회의적으로 바라보았다.[32]

그러나 독일에 남은 다수 독일-유대 혼종 가족의 현실적 선택은 이와 반대로 망각과 침묵이었다. 대부분의 피해자들이 사망하거나 독일 땅을 영원히 떠난 전후에 독일에 남기로 결심한 이들은 한때 그들의 조국이었던 나라에서 출신 문제가 더는 거론되지 않기를 바란다. 주인공은 주변을 둘러보면서 피해자들의 태도를 다음과 같이 묘사한다.

나는 어머니가 독일의 대재앙을 내게 감추려 했다는 생각에서 벗어날 수

---

30 서경식 지음, 박광현 옮김, 《시대의 증언자 쁘리모 레비를 찾아서》, 창비, 2006, 242쪽.

31 엘리 위젤 지음, 정혜정 옮김, 《이방인은 없다》, 산해, 2003, 163쪽.

32 장 아메리 지음, 안미현 옮김, 《죄와 속죄의 저편에서》, 길, 2012 참조.

가 없었다. 어쩌면 어머니는 자신의 나라에서 일어난 일들에 대해 수치스럽게 생각하는 것 같았다. 비록 어머니 가족이 가해자 쪽이 아니라 피해자 쪽에 속한다고 해도 말이다. 나는 히틀러 정권의 희생자들에게서 이러한 태도를 자주 목격했다. 그들의 정권에 대한 증오는 결코 독일을 미워하거나 독일인을 그런 민족으로 저주하도록 잘못 인도하지 않았다. 사람들은 마치 자기 가족의 누군가가 그런 짓을 저지른 것처럼 행동했다. 사람들은 절망하고 수치스러워하고 되도록 빨리 이 일이 없었던 것으로 만들려고 했다. 그러한 사람들은 슬픔에 잠겨 있을 때에는 언제나 홀로 있고자 했다. 그에 반해 재난을 이유로 독일로 돌아온 유대인들은 완전히 다르게 행동했다. 그들 중 많은 사람들은 그들의 정체성을 직업으로 삼았다. 그들은 떠들어댔다. 독일인의 양심은 늘 이야기되고 다루어지는 주제가 되어야 했다. 그들은 이 기념의 장소에서 저 기념의 장소로 옮겨가면서 연설했으며 주위에 사람들을 끌어모았다. 기억은 그들 전체를 묶어주는 공통어가 되었다. 그러나 이 사람들도 역시 외로웠다. 때로 그들은 그들 가족 중 유일한 생존자였다. 사람들은 살아남았다는 것 자체에 대하여 자책을 했다. 어디에서 왔건 그들은 이방인이었다. (60쪽)

주인공 또한 어머니와 아버지의 태도를 물려받아 가족의 과거에 특별한 관심이 없고 국내외 정치나 일상의 주변 상황에도 무관심하며 외모나 언어상으로도 출신이 두드러지지 않아 큰 어려움 없이 대학 생활을 마쳤고, 작가로 데뷔한 후 초청을 받고 미국으로 가게 된다. 그곳에서 프랑스 위그노파의 후손인 독일인 마리를 만나 마리의 고향인 베를린에 정착한다. 그의 삶은 독일-터키-유대인이라는 혼종적 정체성의 대표적인 예로서, 그는 점점 더 복잡한 관계 속으로 들어간다. 이제 정체성은 어떤 하나의 민족, 종교, 인종적 내러티브로 서술되지 않는데

이에 대한 샤샤의 태도는 무관심으로 특징지을 수 있다. "나는 정체성이 없다." (47쪽)

3) 글쓰기와 사회 참여

작품의 배경은 통일 직후인 1992~1993년의 베를린이다. 독일 통일은 샤샤의 무관심하고 평화로운 세계시민으로서의 떠돌이 생활에 변화와 혼란과 균열을 야기한다. 그는 미국에 체류하여 통일 과정을 직접적으로 겪지 않았으나 아버지와 어머니의 갑작스러운 교통사고로 인한 사망으로 상당한 유산과 더불어 할아버지의 수기를 물려받는다. 과거에 무관심으로 특징지어졌던 부모 세대의 사망 이후 그는 이해할 수 없는 터키어, 아랍어, 키릴어로 1916년부터 1936년 사이에 쓰인 할아버지의 수기를 물려받음으로써 처음으로 자신의 출생에 관심을 가지게 된다.

> 나는 다가오는 해가 내 인생의 분기점이 될 것이라고 설명했다. 나는 나 자신의 더 깊은 층을 발견하기를 바라고 있었다. 나는 지난 20년 이상 그랬듯이 더 이상 뿌리 없는 인간이거나 모든 것에 무책임하고 싶지 않았다. 갑자기 할아버지는 나와 나의 출생 사이에 놓인 비밀로 보였다. 나는 나 자신에 도달하기 위하여 그의 비밀을 캐야 했다. (118쪽)

이 작품의 주요 사건은 레싱의 작품처럼 종교 분쟁이 아니라 민족국가 건설과 인종 학살이다. 이 가운데 작가는 터키와 독일의 이제까지 잘 알려지지 않은 역사를 조명하고 그 가운데 두 나라의 역사가 서로 밀접하게 얽혀 있다는 점을 보여주며, 더 나아가 한 민족국가의 역사는 단일한 역사로 서술될 수 없음을 보여준다.[33] 또한 이민족 집단 대학살의 역사도 독일 민족 사회주의의 과거에만 국한된 것이 아님을 보여준다. 바로 샤샤의 아버지와 할아버지의 나라인 터키도 그러했던 것이다. 할아버지는 1차 세계대전이 끝난 후 민족국가를 건립하면서 이민족이자 소수민족인 아르메니아인 수십만 명을 대량 학살하는 데 가담했다. 이렇게 볼 때 샤샤는 한편으로는 터키계 후손으로, 다른 한편으로는 유대계 후손으로 이중의 피해자의 자손이지만 동시에 가해자의 자손이다. 그 역시 역사의 책임에서 자유롭지 못한 것이다.

샤샤는 자신의 개인사를 추적하면서 역사를 추적하게 되는데 그 동기는 세 가지로 압축할 수 있다. 첫 번째는 할아버지의 수기다. 그는 이 수기가 터키의 아르메니아인 학살이라는 과거의 비밀을 간직하고 있다고 믿고 번역자를 수소문한다. 두 번째는 베를린의 현실이다. 샤샤는 학생 시절부터 수집하는 취미가 있었는데 과거 유대인 학살에 앞장섰던 나치 주모자들의 친필 문서와 서명을 수집하면서 베를린 유대인의 과거를 경험하게 된다. 세 번째는 통일 독일의 현실이다. 새로운 독일의 현실은 그에게 과거를 캐묻도록 종용한다. 그동안 동독과 서독이 분리되어 있을 때에는 냉전 이데올로기의 대립 때문에 그의 다중 정체성은 큰 문제가 아니었고 개인주의적 은둔자적 삶을 선택할 수 있게 해주었지만, 독일 통일은 독일 민족과 타민족이라는 새로운 차별적 근거를 수면 위로 떠오르게 했다. 이제 민족의 문제는 '소속'의 문제로 모든 개인의 정체성을 건드린다. 주인공은 무테쉠이라는 이름 때문에 출신에 대한 질문을 끊임없이 받으며 자신의 정체성에 대해 생각하게

---

33 가장 대표적인 사례로 1차 세계대전 때 독일과 터키가 동맹국이었다는 사실과 더불어 이때에는 주로 무기와 관련된 기술을 전수해주었다면 1930년대 이후에는 유대계들이 터키로 피난 오면서 문화를 전수했다는 점 등을 자세히 기술하고 있다.

된다.

> 나는 정체성이 없었다. 내 주변의 사람들은 이와 더불어 점점 더 큰 문제를 안게 되었다. 구질서의 붕괴를 뜻하는 듯했던 장벽의 붕괴가 해방적 기능만 가진 것은 아니었다. 장벽이 없어지자 편안한 느낌이 사라졌다. 갑자기 이러한 편안함을 정체성이라는 개념이 대치하게 되었다. 사람들은 가깝고 먼 거리감을 확정할 때 이제 출신을 묻는 데 익숙해졌다. 사람들은 장벽이 무너진 뒤에 어디에서나 새로 세워진 보이지 않는 장벽에 부딪혔다. 세상은 더 복잡해졌고, 길들은 점점 더 미로처럼 되어갔다. (47쪽)

이제까지 제대로 된 소설을 쓸 수 없었던 샤샤는 할아버지를 주인공으로 삼아 유고의 내용을 해독하면서 이야기를 지어내려고 시도한다. 이는 동시에 현실적으로 자신의 과거를 추적하고 이야기하려는 시도다. 동시에 대비적으로 샤샤의 여자 친구 마리의 계획이 묘사되는데, 그녀는 터키 개혁자로서 1914년에서 1918년까지 아르메니아인의 대량 학살을 계획했던 실존 인물인 탈라트 파샤(Talat Pascha)에 대한 기록영화를 찍으면서 과거를 파헤쳐간다. 이때 두 사람의 대화에서 독일인과 터키인의 선입견이 서로 교차한다. 마리는 기록영화로만 접근하겠다고 공언하는데, 그녀의 롤모델은 나치 시대의 영화감독 레니 리펜슈탈이다. 리펜슈탈이 〈올림피아〉, 〈의지의 승리〉 같은 나치 찬양 기록영화를 만들어 전범재판을 받은 사실을 고려해보면 이러한 마리의 선언은 의미심장하다. 즉 마리를 통하여 전후 독일에서 새로이 생겨난 소위 좌파 지식인층의 과거에 대한 불감증이 드러나는데, 이는 비판적 지식인으로서의 사명을 망각한 행동으로 해석된다.

해독된 할아버지의 수기는 예상과 달리 그의 화려한 정치적, 공적 생활이 아니라 사생활의 비밀을 담고 있었다. 즉 수기는 그의 문학적 취향과 사생활을 보여주는 것이었다. 주인공은 전업 작가로 글쓰는 일을 하고 있고 언어를 이해하지 못하지만 역시 수기를 썼던 할아버지와 연결이 되고 글씨체에서 그의 성격을 추측한다. 수기의 러시아어는 도스토옙스키의 《안나 카레니나》의 도입부였으며 나머지 부분도 공적으로 성공한 할아버지의 또 다른 인간적이고 사적인 생활을 보여준다. 한편으로 할아버지는 전후의 폐허에서 터키 민족주의와 독립을 주창하고 나라를 건국하는 동시에 아르메니아인들의 대대적 숙청과 몰살을 기획한 사람 가운데 한 명으로, 첫 번째 500명의 학살 대상자 명단을 직접 작성했다.[34] 이때 500명의 명단에서 그가 살려준 단 한 명이 있었으니, 그 생존자는 그의 삶에서 유일하게 진실로 사랑했던 연인이었다.

주인공은 작품 말미에서 할아버지가 쓴 수기의 내용을 알게 된 후 그의 의문의 죽음에 대해 나름의 해답을 담은 이야기를 소설로 쓰게 된다. 정권의 실세였던 할아버지는 1936년 베를린 올림픽에 터키의 레슬링 선수단 일원으로 참석할 예정이었지만 직전에 마흔 살의 나이로 의문의 자살을 한다.[35] 손자인 작가는 그 이유를 사랑과 결부된 개

---

34 청년 투르크당을 이끌고 오스만제국을 몰락시키고 터키공화국을 세운 인물 중 하나였던 탈라트 파샤는 1차 세계대전이 발발하자 독일 편에 섰고 이 기회에 터키 민족주의를 내세우며 150만 명의 아르메니아인 대학살을 계획하고 실행에 옮겼던 인물이다. 오스만제국의 부유한 상인 집단을 이루던 아르메니아인들은 무슬림 터키인들과 대치 관계에 있었다. 이 대학살 문제는 《메즈 예계른》이라는 제목으로 오르한 파묵도 다룬 바 있다.

35 이때까지도 터키와 독일은 우호적인 관계였으며, 베를린에도 터키인들이 많이 살고 있었다. 심지어 터키 국가대표 선수단은 남성적이라는 이유로 히틀러식 손인

인의 양심 문제로 보고 있다. 할아버지가 유일하게 살려준 그의 아르메니아 연인은 터키에서 탈출해 서유럽으로 긴 피난길을 떠났고, 도중에 수차례의 강간과 고초를 당한다. 그녀는 프랑스에 정착한 후 그에게 편지를 보냈다. "그녀를 사랑하지 않으면 차라리 죽어버리겠다"는 맹세를 여전히 지키고 있느냐는 그녀의 질문과, 스무 살 된 딸의 존재를 알려주는 편지를 받고 할아버지는 심각한 양심의 가책을 느낀다. 할아버지는 진정한 사랑을 지키기 위하여 자신의 허위와 범죄로 가득한 과거를 반성하고 스스로 삶을 마감하고 만다.

이러한 할아버지의 빈틈 많은 과거를 소설로 재구성해낸 주인공 샤샤는 이제 역사에서 교훈을 얻고 이제까지의 냉소주의적 삶을 청산하고, 또한 역사적 책임의식 없이 다큐멘터리를 찍는 여자 친구와 결별하고, 자신의 주변 현실에 관심을 갖게 된다. 그는 베를린의 터키 이민 2세들과 소수 집단의 삶을 취재하여 육성을 녹음하고 이를 글로 옮기는 일을 하게 된 것이다.

레싱의 희곡이 종교 갈등과 화해를 주제로 삼고 있다면, 세노작의 소설에서는 3자 대화를 마련하기 위하여 민족을 대비시키고 또한 역사상 유례가 없는 타민족 집단 학살 사건을 비교한다. 이때 세노작은 독일의 유대인 학살만을 다루는 것이 아니라 터키의 민족주의가 형성되던 시기에 일어난 아르메니아인 대량 학살을 다룬다. 즉 세노작은 앞서 이 글의 서론에서 언급한 바 있는 유대인과 터키인 문제를 비교할 수 있는가라는 논쟁에서, 가능하다는 입장을 견지하며 실제로 소설 속에서 독일 민족의 범죄를 다른 민족의 범죄와 비교한다. 배타적 민족주의가 일어날 때에 이 획일화하는 운동 속에서 타민족이나 소수 집

사를 준비하고 있었다.

단을 배제하고 억압하는 폭력성과 위험은 어디에나 편재하고 있음을 지적하기 위해서다. 또한 그는 그 해결책으로 이러한 역사를 인식하고 미래를 염려하는 깨어 있는 지성을 촉구한다.

세노작의 소설 제목 'Gefährliche Verwandtschaft'는 이러한 의미에서 다의적으로 해석할 수 있다. 무엇보다도 독일과 터키의 대량 학살이 갖는 유사성의 위험함을 지적한 것으로 해석할 수 있다. 혹은 현재 독일 사회의 당면 문제인 이방인 혐오와 과거의 유대인 혐오와의 유사성을 지시하기도 하며, 구체적으로 샤샤의 개인적 가족 관계에서도 보듯이 실제로 가족과 친척들이 위험을 겪었음을 의미할 수도 있다.[36]

이제 작가의 답은 주위 사회에 관심을 가지고 동시에 이를 공적으로 표현하라는 것이다. 망각과 침묵으로 과거를 잊어버리려는 피해자 어머니의 해답도, 세계시민이란 틀 속에서 개인주의적 무관심으로 일관하는 아버지의 해답도, 혹은 책임의식도 없이 지식 추구의 관점에서 다큐멘터리를 찍는 마리의 해답도 과거와 현재의 문제를 해결하는 열쇠가 될 수 없다. 할아버지의 개인적 과거를 파헤치고 나치의 과거 기록을 수집하고 동시대에 존재하는 반유대주의와 반다문화주의적 현실을 보게 된 샤샤는 이러한 냉담함과 무관심을 극복한다. 그리고 동시대 소수 집단들의 따뜻하고 살아 있는 육성을 수집하며 드디어 글을 쓸 수 없는 무능력 상태를 극복하게 된다. 샤샤의 변화는 자신의 혼종적 정체성에 대한 의식화 과정이며, 새로운 다문화사회에 대한 해법의 제시인 것이다.

위젤은 현대 역사에 대한 무지와 무책임한 현실을 지적하기 위해 지

---

36 독일인들은 자신들의 역사에서 배운 것이 없다. 이제 그들은 터키인을 자기 나라에 데려왔다. 아직 유대인들과도 제대로 잘 지내지도 못하면서 말이다. (82쪽)

식과 책임의 반대말로 모두 무관심을 제시한다.[37] 다문화사회의 인정과 공존이라는 레싱의 해법은 그의 두 가지 장치에서 보듯 혹은 세노작의 해법인 정치윤리학에서 보듯 현실 삶에 대한 관심이 동반되어야 하는 것이다.

5. 난제: 해답은 다시 계몽주의인가

유럽 사회는 중세 스페인이나 프랑스의 대혁명이나 근대의 유대인 통합에서 보듯이 여러 번 다문화사회의 가능성을 실험해볼 기회가 있었다. 유럽 사회가 계몽의 물결 속에서 자신을 열고 이방인을 품었을 때 소수민족 유대인들이 택한 역사적 해법은 주류 사회로의 적극적인 동화였다. 그러나 이 동질화는 주류 사회의 거부로 해결할 수 없는 '근대'의 아포리아 프로젝트가 되어버렸다. 후에 유럽인들이 초기의 입장을 저버리고 배타적 민족국가와 침략적 제국주의를 밀고 나갔을 때 역사상 가장 야만적인 비극이 일어났다. 이 역사는 다른 문화의 접촉과 갈등에서 동화가 최선의 해법은 아니었음을 보여준다.

이제 유럽과 독일은 이민 국가와 유럽연합의 현실에서 또 다른, 두 번째 대규모 다문화사회의 기회를 맞고 있다. 독일의 경우 자신들이 불러들인 대규모 이주 노동자들이 이민자들로 바뀌면서 원했든 원하지 않았든 다문화사회는 현실이 되었다. 이때 가장 큰 집단인 터키계 이민자들이 택한 해법은, 1세대들에게는 정체성과 전통문화의 보존이

---

37 주인공 샤샤의 이러한 태도는 내 형제를 지키는 자가 되라는 위젤의 인류애 주장과도 일맥상통한다. 이에 대해서는 엘리 위젤, 앞의 책, 253쪽 이하 참조.

었으며 이는 주류 사회와의 갈등 속에서 전개되어 긴장을 야기하고 있다. 현재 성인이 된 2세들과 3세들은 다른 대안을 보여주는 희망일 터인데, 그들은 경계지대에서 자신들의 혼종된 정체성, 초민족적·초국가적·다원적 정체성과 이러한 현실의 인정을 주장하고 있다. 그러나 이 또한 갈등의 여지를 내포하고 있으며 주류 사회에서 민족담론이 대두할 때마다 다시금 과거의 악몽을 상기시킨다.

두 작가는 각기 다른 기회의 시기에 3자 대화를 모색했던 드문 공통점을 가지고 있고, 나름대로 문제점과 해법을 제시하고 있다. 흔히 다문화사회의 해법으로 제시되는 '깨어 있는 공공성', '계몽'의 의미를 생각해볼 때,[38] 희곡과 소설 두 작품의 분석을 통해 이는 실천의 문제임을 알 수 있다. 레싱의 계몽주의적 관용이 기독교와 유대교뿐만 아니라 처음부터 다문화적으로 정초되어 있었음에도 오랫동안 이는 망각되었다. 세노작은 자신의 소설에서 다시 이 문제를 제기해 다문화 문제는 다문화적으로 풀어야 함을 보여준다. 가해자뿐만 아니라 피해자도 민족주의의 틀 안에서만 이 문제를 보지는 않았는지, 함께 살아가는 다른 여타 소수 집단에는 무관심하지 않았는지도 생각해보아야 한다. 계몽은 주류 사회나 소수 사회 모두가 같이 참여해 이루어내야 할 숙제인 것이다.

---

38 Vgl. B. Tibi, *Europa ohne Identität?*, München: btb, 2002.

참고문헌

서경식 지음, 박광현 옮김, 《시대의 증언자 쁘리모 레비를 찾아서》, 창비, 2006.

엘리 위젤 지음, 정혜정 옮김, 《이방인은 없다》, 산해, 2003.

오한진, 《유럽문화 속의 독일인과 유대인 그 비극적 이중주》, 한울림, 2006.

윤도중, 〈레싱의 〈현자 나탄〉에 나타난 관용과 박애 사상〉, 《독일문학》 46, 1991.

윌리엄 셰익스피어 지음, 정인섭 외 옮김, 〈베니스의 상인〉, 《셰익스피어 전집 4》, 상서각, 1980.

장 아메리 지음, 안미현 옮김, 《죄와 속죄의 저편에서》, 길, 2012.

지그리트 바이겔 지음, 〈샤일록과 상자 선택〉, 하르트무트 뵈메 외 편저, 오성균 외 옮김, 《문학과 문화학》, 한울, 2008.

Améry, Jean, A. B. Kilcher (Hrsg.), *Lexikon der deutsch-jüdischen Literatur*, Stuttgart: Suhrkamp, 2003.

Dollinger, Roland, "Hybride Identitäten: Zafer Şenocaks Gefährliche Verwandtschaft," *Seminar*, 38:1, 2002.

Höbel, Wolfgang, "Unliebsame Verwandschaft," *Der Spiegel*, Nr. 24, 2006.

Kiefer, Klaus H., "as Märchen von der Toleranz-Transreligiöse Hermeneutik in Lessings Nathan aus kultursemiotischer Sicht," 《독일어문화권연구》 16, 서울대학교 독일어문화권연구소, 2007.

Lessing, Gotthold Ephraim, "Nathan der Weise," *Werke in 8 Bänden*, hrsg. v. H. Göpfert, München, Darmstadt 1970~1979, Bd. II.

Schami, Rafik, *Damals dort und heute hier: Über Fremdsein*, Freiburg im Breisgau: Herder, 1998.

Şenocak, Zafer, *Atlas des tropischen Deutschland*, Berlin: Babal, 1993.

_____, *Gefährliche Verwandtschaft*, München: Babal, 1998.

Straňáková, Monika, *Literarische Grenzüberschreitungen*, Tübingen, 2009.

Tibi, Bassam, *Europa ohne Identität?*, München: btb, 2002.

Yeşilada, Karin E., "Darf man Türken und Juden vergleichen, Herr Şenocak?" Interview mit Zafer Şenocak, *Der Tagesspiegel*, 13./14. 4. 1995.

http://library.fes.de/pdf-files/do/07504.pdf

http://diglib.hab.de/edoc/ed000146/start.htm

http://www.taz.de/1/archiv/digitaz/artikel/?ressort=me&dig=2008%2F07%2F08%
2Fa0115&cHash= 3732ba7c46

'bits and scraps':
Beckett, Bilingualism,
and the Mess of Identity

———————

Kelly S. Walsh

"Better hope deferred than none. Up to a point."

— Samuel Beckett, "Company"

"The danger," Beckett wrote in his defense of Joyce's *Finnegan's Wake*, "is in the neatness of identification"(*Beckett IV*, 495). And much the same might be said of Beckett's own life and works, of the frequently appalling times he lived through and the artistic imperative to go on writing when "there is nothing to express, nothing with which to express, nothing from which to express, no power to express, no desire to express, together with the obligation to express"(*BIV*, 556). An Irish citizen who lived most of his adult life in Paris, Beckett chose the French language for its "weakening effect"(Mooney, 196), as a means of escaping the grandiloquence and allusiveness of Anglo-Irish high modernism[1]; nevertheless, until the very end, he

---

1   James Joyce, whose *Ulysses and Finnegan's Wake*, in Beckett's view, embodied an aesthetic of "omniscience" and "omnipotence," would be the exemplar of this expansive, all-encompassing high modernism(*Grove*, 287). Beckett met Joyce in Paris in the late 1920s, forging a close, if at times strained, friendship; he also assisted Joyce in literary tasks and transcribed

meticulously re-birthed these works into English as self-translator.[2] In dispossessing himself of his native language and land, only to obsessively return to them, he self-consciously forged a singular, estranged, and unknowing voice that was and was not his own.[3] So

portions of *Finnegan's Wake*. Sinéad Mooney, in "Beckett in French and English," rehearses several of the responses Beckett gave for choosing to write in French: "When asked in 1956 by Niklaus Gessner why he had begun to write in French, Beckett replied, 'Parce qu'en français c'est plus facile d'écrire sans style' ['Because in French it's easier to write without style']. To Herbert Blau he wrote that French 'had the right weakening effect,' and to Richard Coe that he feared English 'because you couldn't help writing poetry in it'" (196).

2   C. J. Ackerley, in his recent essay on the problematics of annotating the forthcoming bilingual edition of *Comment c'est/How It Is*, emphasizes that Beckett's self-translations render two different texts, even as they share a common parentage: "when Beckett writes first in French, then rewrites in English—his native language, whatever his reasons might have been for having chosen another—then what emerges is not a translation in the usual sense of that word, but a *re-writing*, a *re-creation*"(789). A work like *How It Is*, "written first, with considerable pains, in French; then reworked, with comparable agonies, into English," thus has "a dual ontology, neither entirely English nor entirely French, yet grounded in both"(789).

3   David Pattie, in "Beckett and Obsessional Ireland," makes the case for Ireland, in Beckett's works, as being "there and not there"(182); that is, the author's relationship to his native country is one of "immanence"(184). While, Pattie continues, Beckett de-particularizes this Ireland, "drain[ing] the Dublin landscape of most of its culture and history"(183), this landscape nevertheless remains "obsessional" for him, indefinable and impossible to possess or domesticate(184): "Rather than the exile's celebration of a country which is fixed in the moment of writing, Beckett's work gives us the sense of an immanent, obsessional Ireland rendered with all the 'unformed intensity of being in the present' that informs the rest of his art"(195).

when we speak of Beckett's works as "modern" and "transnational,"
it means accepting that this identity is, through and through, inflected
by paradox and aporia: his protagonists, increasingly pared down
to "mere" writing voices, articulate an acute and abject sense of
rootlessness and non-self-coincidence, even as they are hopelessly
mired in the muck of language and meaning. And as they relentlessly
try and fail, wading through an "avalanche" of "wordshit"(*Short Prose*,
137), to emerge from their ignorance, to write a way out of the
mess, they ineluctably reenact the cracks in Cartesian self-certainty,
revealing their existence to be one long sentence—with God in the
grammar and scant belief in an end to give it meaning.[4]

In the indefinite landscapes of the "Beckett Country," the
fundamental concepts used by the West to provide itself with a
coherent identity and narrative—truth, beauty, tradition, origin,
progress, teleology, etc.—are only ever encountered, as *How It Is*
repeatedly puts it, in "bits and scraps"("des bribes" in French), as
fragments of a whole, which, if it ever was, will never be pieced
back together.[5] "quaqua on all sides bits and scraps I murmur them"

---

4   For René Descartes, the certainty of existence(that "I" exist) is established by
     the individual's consciousness of being. In Beckett's universe, however, there
     are grave doubts about the identification of the "I" that thinks with the thoughts
     themselves, with the "I" that speaks and the words that are spoken. Hamm's
     gaping yawn at the beginning of *Endgame*: "No, all is absolute"(2), is one of
     the most conspicuous instantiations of the Beckettian suspicion of Cartesianism
     and its bedrock certainty based in the *cogito* ("I think, therefore I am").

5   *The Beckett Country*, which is the title of Eoin O'Brien's groundbreaking

(*HII*, 114), the voice of *How It Is* says, quoting the bare sounds of meaning("quaqua")—or else the excrement of meaning("caca")—it hears from without, emptying that meaning of significance, while instantiating the Beckettian abyss between the "I" that speaks and the words that are spoken.[6] What remains is an irreducible Babel or babble of words, a persistent oozing that, in the mid- to late-Beckett, is variously figured as "slime"(*SP*, 124), excrement, and, as we see in the ubiquitous mud of *How It Is*, "the mess."[7] In a 1961 interview, Beckett proclaimed that "the task of the artist now" must be "[t]o find a form that accommodates the mess"(qtd. in Armstrong, 56). As the verb "accommodate" suggests, the question is not one of reflecting the real or unearthing a latent, intelligent design behind

---

1986 book, refers to the psychological landscape of Beckett's works, with its tramps, bicycles, ashbins, bowler hats, mud, etc. According to Ackerley and Gontarski, this fictional universe is "grounded in SB's boyhood Dublin, its mountains, forests, swamps, and coast"(*Grove*, 41). Nevertheless, there is great danger in neatly identifying any of the locales in Beckett's works with specific sites in Dublin—or France, for that matter.

6   See Note 4. The Latin-derived word "qua" means "in the capacity of" or "as"—in short, "meaning." As we see in Lucky's monologue from *Godot*: "a personal God quaquaquaqua with white beard quaquaquaqua outside time without extension"(45), this "quaqua" becomes "*meaning*(or *nonsense*) reduced to its fundamental sound"(*Grove*, 472). See also Herbert Blau's essay "Quaquaquaqua: The Babel of Beckett" in *Sails of the Herring Fleet*.

7   Beckett's professional writing career spanned from the late 1920s until his death in 1989. For the sake of this article, "mid-Beckett" refers to works published in the 1950s and 60s, including the prose works *Three Novels, Texts for Nothing and How It Is*, as well as the dramatic texts *Waiting for Godot* and *Endgame*.

it; but instead, in the face of this mess and its perpetual accretion(of words), to find a way to arrange it, to do something with it, whatever that *something* may be. In place of an ordered, teleological history, a "passage from savagery to civility"(Bixby, 28), Beckett sees, if not the "ashes" of *Endgame*(44), an endless struggle, or pensum, to forge a meaningful form with a writing voice for whom the cogito provides no intelligible identity—this "I, of whom I know nothing" (*Three Novels*, 304), as *The Unnamable* puts it.[8] And, as if this were not sufficiently daunting, the "I' must seek to accommodate the mess with an acute awareness of *How It Is*'s "vast tracts of time," a time whose present cannot be isolated or defined, and a time which, in its ceaseless flow, determines the past as an interminable

---

8   The "pensum", for Beckett, is the task(or punishment) of living, while "defunctus" is the completion of that pensum(which, presumably, coincides with death). Beckett's *Proust* concludes with the following: "the 'invisible reality' that damns the life of the body on earth as a pensum and reveals the meaning of the word: 'defunctus'"(*BIV*, 554). Herbert Blau understands this pensum as a sentence(both in terms of grammar and punishment): "the sentence of language, the sentence of punishment, language as punishment, the price of being born"(68). In the *Unnamable*, the voice says: "I spoke, I must have spoken, of a lesson, it was pensum I should have said, I confused pensum with lesson. Yes, I have a pensum to discharge, before I can be free, free to dribble, free to speak no more, listen no more, and I've forgotten what it is. There at last is a fair picture of my situation. I was given a pensum, at birth perhaps, as a punishment for having been born perhaps, or for no particular reason, because they dislike me, and I've forgotten what it is"(*3N*, 310). The pensum, then, is "a task to be performed, before one can be at rest. Strange task, which consists in speaking of oneself. Strange hope, turned towards silence and peace"(311).

distention, "piling," as Walter Benjamin wrote, "wreckage upon wreckage"(*Illuminations*, 257). Along with the continual accretion of memories and selves, time also provides an ineliminable, though dubious, horizon of meaning, a future in which something must be done. Mercilessly devouring the life-blood of Beckett's voices, time is "that double-headed monster of damnation and salvation" (*BIV*, 511) because, in a representative paradox, meaning exists by virtue of time, yet its incessant passage necessitates that that meaning remain forever deferred. So, with "nothing ever but lifeless words," "this pell-mell babel of silence and words"(*SP*, 151), and "that heart-burning glut of words"(*SP*, 125) at their disposal, these voices, from the trilogy of *Molloy, Malone Dies*, and *The Unnamable* to the late *Fizzles* and *Stirrings Still*, compulsively rehearse each other's failures, creating, despite themselves, a striking thematic coherence: "All of old. Nothing else ever. Ever tried. Ever failed. No matter. Try again. Fail again. Fail better"(*BIV*, 471). In the end, as in the beginning, the essential remains the same: "Nothing to be done"(*Godot*, 2).

Central to the ubiquitous impasses of Beckett's fiction and drama, what we might call his singular poetics of impotence(or ignorance), is the recognition that both beginning and end remain equally elusive(and illusive) to the one embedded in the mess, in a world in which neither God nor Godot ever materialize.[9] From Gogo's exasperated

---

9   Anthony Cordingly, among others, has used the term "poetics of ignorance" to describe Beckett's aesthetic. See "Beckett's Ignorance: Miracles/Memory, Pascal/Proust."

interrogation: "The very beginning of WHAT?"(*Godot*, 72) to Clov's opening gesture of *Endgame*: "Finished, it's nearly finished, it must be nearly finished"(1), the figures of Beckett's universe are subjected to a virtually inexhaustible finitude, the limits of which forever remain opaque and inscrutable. Always in the midst of *something*—Beckett is tenacious in his use of indefinite pronouns—"in this immense confusion," what "alone is clear"(*Godot*, 91) is that the questions, ranging from the mordant to pathetic, like that of Hamm in Endgame, will continue to remain mocked and unanswered: "We're not beginning to … to … mean something?"(32). As the voice in "Text 8" of *Texts for Nothing* reminds us, "for it's the end gives the meaning to words"(*SP*, 131), any possible meaning or identity, from within the mess, can only ever be, as Beckett wrote in the early monograph *Proust*, a "retrospective hypothesis"(*BIV*, 513). That is, subject to transience and a continual concatenation of selves and memories, to say what one is requires a hypothetical projection, sidestepping how it is to remember how it was—or, more precisely, to fabricate what might have been:

But the poisonous ingenuity of Time in the science of affliction is not limited to its action on the subject, that action, as has been shown, resulting in an unceasing modification of his personality, whose permanent reality, if any, can only be apprehended as a retrospective hypothesis. The individual is the seat of a constant process of decantation, decantation from the vessel containing the fluid of future time, sluggish, pale and monochrome, to the vessel containing the fluid of past time, agitated and multicoloured by the phenomena of its hours(*BIV*, 513~514).

With identity conceived as a process of decantation, any apprehension of an identity must emerge through the turbidity of retrospection, without hope for a Proustian epiphany of involuntary memory, which would purport to resurrect the past as it actually was.[10] The aqueous rhetoric becomes all the more appropriate in a

---

10 In *À la recherche du temps perdu*(*In Search of Lost Time*), Proust's narrator, Marcel, distinguishes between voluntary and involuntary memory. Voluntary memory is associated with habit(as in looking through a photograph album), while involuntary memories, as we see in the famous *madeleine* episode, are stored in material objects. When an involuntary memory breaks through into consciousness, it is as if the real(as it really is) were revealed, as if the past were resurrected as it actually was, not as we have revised it through the workings of voluntary memory: "No sooner had the warm liquid mixed with the crumbs touched my palate than a shiver ran through me and I stopped, intent upon the extraordinary thing that was happening to me. An exquisite pleasure had invaded my senses, something isolated, detached, with no suggestion of its origin. And at once the vicissitudes of life had become indifferent to me, its disasters innocuous, its brevity illusory—this new sensation having had the effect, which love has, of filling me with a precious essence; or rather this essence was not in me, it was me. I had ceased now to feel mediocre, contingent, mortal. Whence could it have come to me, this all-powerful joy?"(*Swann's Way*, 60). For Beckett, such momentary experiences of transcendence and timelessness are, quite simply, illusory; there are no such epiphanies in which an underlying order or meaning for existence suddenly shines through.

work like *Texts for Nothing* where the flood of words continues on, with the voice futilely waiting for an end to give it all meaning: "it's for ever the same murmur, flowing unbroken, like a single endless word and therefore meaningless, for it's the end gives the meaning to words"(*SP*, 131).[11] But in the absence of belief in such an end, other than the arbitrary cessation of activity(or death), what we find in Beckett is stolid, antiapocalyptic inertia coupled with an irrepressible, though idle, desire for some final revelation.

In "Text 7," then, the purgatory of waiting for such an endpoint is figured, with no small irony, in a memory "from the third-class waiting-room of the South-Eastern Railway Terminus"(*SP*, 128)—the station from which, as Gontarski and Ackerley have pointed out, "trains departed for the Dublin suburb of Foxrock"("Non-Exister," 293), Samuel Beckett's childhood home. But the value and potency of these childhood reminiscences is quickly undercut, revealing that this terminus, and the memories collected around it, will not produce a unified identity:

Whence it should follow, but does not, that the third-class waiting-room of the South-Eastern Railway Terminus must be struck from

---

11 In the short play *Not I*, this flow is figured as a "stream": "... no stopping it ... she who but a moment before ... but a moment! ... could not make a sound ... no sound of any kind ... now can't stop ... imagine! ... can't stop the stream ...' and the whole brain begging ... something begging in the brain ... begging the mouth to stop"(*Shorter Plays*, 220).

the list of places to visit, see above, centuries above, that this lump is no longer me and that search should be made elsewhere, unless it be abandoned, which is my feeling(*SP*, 129).

This paradigmatic failure of the present "I" to derive a coherent sense of identity from the "lump" that it was — as well as the concomitant and empty threat to "abandon" the search altogether — is rehearsed, in myriad guises, throughout Beckett's oeuvre. And the obsessive iterations of this failure, at once self-flagellating, aggravating, and exhausting, result, as Herbert Blau has written, in "large reserves of violence …, much of it repressed, but there on the surface too, clawing, as part of the ceaseless struggle to give form to the mess that was, for [Beckett] …, the grievous seriality and sum total of experience"(*Sails*, 14). This violence of thought — blooded-thought or "thinking with my blood"(*SP*, 128) — thus becomes the quasi-material impulse that propels Beckett's writing, his voices and tramps, in the words of Pozzo, "On!"(*Godot*, 51). "AP-PALLED"(*Godot*, 4) by the grievous, endless, and apparently meaningless series that constitute their existence, these figures nevertheless seem to be sustained by their failures to find a form that will suffice.

This violence of thought, in certain permutations, leads towards nihilistic visions of blotting the whole mess out, as we see in the novel *Molloy*, where the eponymous autobiographer is compelled, for obscure reasons, to supply a man, who visits weekly, with pages recounting his grueling and grotesque odyssey back to his mother's home. Confined to his bedroom, and aggrieved by the monotony, Molloy writes: "you would do better, at least no worse, to obliterate texts than to blacken margins, to fill in the holes of words till all is blank and flat and the whole ghastly business looks like what it is, senseless, speechless, issueless misery"(*3N*, 13). As the white spaces within and between the black words differentiate each word from the next, providing them with the difference—or, after Derrida, the *différance*—necessary to signify, Molloy here contemplates a perfect fusion of form and content, a pile of black and senseless pages that would stanch the never-ending flood of words once and for all. This may be an ironic echo of what Beckett himself said of Joyce's massive experiment in word play, *Finnegan's Wake*: "Here form is content, content is form. [...] His writing is not about something; *it is that something itself*"(*BIV*, 503). For Beckett, though, forever descending into impotence and ignorance, the sole form capable of truly expressing the impossibility to express, of making his writing "*that something itself*," would be utter silence and blackness.

Such a union of form and content, however, remains at best a perpetually deferred possibility, as we in the conclusion of *Texts for Nothing*: "Is it possible, is that the possible thing at last, the extinction of this black nothing and its impossible shades"(*SP*, 154). This "thing," whatever it may be, is not nothing negated or obliterated. It cannot be the realization of the Beckettian ideal: a state in which "there is nothing to express" and no means, whatsoever, to express that "nothing to express." For even "nothing" is something to express, and, as we have seen, "the impossible voice"(*SP*, 154) always murmurs on, leaving Beckett's own voices little choice but to continue on in this inexplicable mess, to "say words, as long as there are any"(*3N*, 414). In short, the margins and holes on the page must and will remain white. But the hope for some way out, for completion or nothingness, nevertheless remains irrepressible, as we find in the subjunctive proposition from *Texts for Nothing*: "If I said, There's a way out there, there's a way out somewhere, the rest would come"(*SP*, 136). The hope itself, then, is discursive and performative, since even the quest for nothing, the voice tells us, leaves "nothing but a murmuring trace"(*SP*, 152). And with this infernal conjunction, this "but," comes the realization that if the writing voice were to extricate itself from the absolute finitude of its world, and achieve an end, it would have to do so by writing itself *there*. In this endless slippage of textuality, hope is no longer, as it is in *Godot*, infinitely deferred; instead, in the very utterance "hope," its continued absence is guaranteed: "I've high hopes, I give you my word"(*SP*, 126). And thus, in Beckett's self-reflexive poetics of insufficiency, there is the awareness that any path toward transcendence, nothingness, or even a simple exit is foreclosed as soon as it is conceived of. The pensum of the writer-qua-burrower(to note Beckett's admiration for Kafka's "The Burrow") will go on, until the final *defunctus*—but even that remains uncertain in this universe.[12]

---

12 Kafka's late story provides a particularly potent example, and self-reflexive

Molloy's dream of making the pages reflect all the "senseless, speechless, issueless misery" of his existence is reiterated in *Texts for Nothing*, where the voice first suggests that "words can be blotted and the mad thoughts they invent"(*SP*, 124), and then longs for "the end of the farce of making and the silencing of silence"(*SP*, 154). But these visions and revisions of the voice's self-extinction are counterbalanced, however feebly, by hopes of saying it better: "what is it, this unnamable thing that I name and name and never wear out, and I call that words. It's because I haven't hit on the right ones, the killers"(*SP*, 125). Reflective of Hamm's violent outburst in the face of the imperishable indefinite: "Use your head, can't you, use your head, you're on earth, there's no cure for that!"(*Endgame*, 53, 68), we see, time and again in Beckett's prose, that words never wear themselves out—even as they unremittingly grind down the "I" that must speak them. The words never coincide with the world to which

---

parody, of what the artist can do with a continual diminution of realizable possibilities, what Beckett himself might call "lessness." As with much of Beckett's works, "The Burrow' opens by radically narrowing its own possibilities, with the narrator, a mole-like creature, announcing that there will be no more burrowing: "I have completed the construction of my burrow and it seems to be successful"(325). What follows, through increasing paranoia, is a rehearsal of all the ways in which the burrow may still be vulnerable to incursion, which then leads to the digging and refilling of trenches, such that its forehead bleeds from the labor. The end is inconclusive: no enemy has materialized, the doubts remain unresolved, and with the burrow in increasing disarray, the narrator proclaims: "But all remained unchanged"(359). For 'defunctus,' see note 8.

they purport to refer; "the right ones, the killers" remain eternally unconsecrated.

As we have already seen, one failing attempt to exit the mess, to find closure and completion, comes in the proposition: "If I said, There's a way out there, there's a way out somewhere, the rest would come. What am I waiting for then, to say it? To believe it? And what does that mean, the rest?"(*SP*, 136). At least three difficulties arise in relation to this hypothetical. First, the lack of belief that saying a way out would disclose an exit, for even if it did, this "I" would never know it: "I can't know beforehand, nor after, nor during, the future will tell, some future instant, soon or late, I won't hear, I won't understand, all dies so fast, no sooner born"(136). Second, there is the passive resignation that prevents the voice from even venturing the experiment, because this type of reasoning has become habit, appearing and receding like clockwork: "It's mechanical, like the great colds, the great heats, the long days, the long nights, of the moon, such is my conviction, for I have convictions, when their turn comes round, then stop having them, that's how it goes, it must be supposed, at least it must be said, since I have just said it"(136). And, finally, there is complete ignorance about what "the rest" is and means. By doubling this subjunctive exercise with the original French text, we find the *issue* compounded: "Si je disais, Là il y a une issue, quelque part il y a une issue, le reste viendrait. Qu'est-ce que j'attends donc, pour le dire, de le croire? Et que signifie, le reste?"(*Textes*, 175). Instead of "a way out," we find "une issue," a term signifying "way out," but also "exit,"

"outcome," "solution," "conclusion," or, most intriguingly, "progeny."
What is indicated in the multiplicity of the French word, then, is that
there is no solution, no conclusion, no exit, and no hope of rebirth
or regeneration, suggesting, in a typical Beckettian paradox, that the
best solution is to have never been born—reminding us of Didi's
assertion that we enter this world "[a]stride of a grave and a difficult
birth."(Godot, 104) The question, too, of what "le reste" signifies and
to what it refers remains equally elusive and aporetical. "Le reste"
can mean "the rest," but also "the remainder," "the remnants," "the
leftovers," "the refuse," and "the residue," proposing, through its
very indefiniteness, that it, whatever it may be, always remains,
despite one's best efforts to exhaust it all. In Beckett's prose, "the
rest" lingers variously as murmur, echo, trace, stirring, or fizzle, while
in *Endgame*, "the rest" materializes as "Hamm" *itself*. Just before the
curtain descends, the motionless Hamm, holding the handkerchief
before his face, says: "You ... remain"(84), objectifying himself in
the accusative case, remaining as an ungrammatical, yet irreducible
figure of speech.[13]

---

13 Hamm's first line in the play: "Me—to play"(2), instantiates an abyss between
    subject and object(the subject of the sentence—"me"—is in the objective or
    accusative case), and between the self-objectified Hamm and the infinitive
    of the verb("to play"), which is the drama itself. This disjunction unsettles,
    because in breaking the "law" of grammar, this "me"—the one who suffers
    the punishment, pensum, or "sentence"—becomes a signifier that has no
    reality except as a figure of speech. And this *figure* is what remains after
    the curtain is drawn. In "Text 4," the voice says: It's the same old stranger

The rest, what still remains after the mind—and, in many cases, body—has attempted to exhaust all the possibilities confronting it, is the inexhaustible substance that pushes Beckett's art on, far past the point at which someone like Gogo proclaims: "I can't go on like this"(*Godot*, 109). Continuing to fail in exhausting the indefinite rest, Beckett's works, despite the incessant accretion of fatigue, never reach exhaustion, the point at which, according to Deleuze, one "can no longer possibilitate"("Exhausted," 3).[14] The virtual infinitude of things not done, which, if nothing else, reveals just how preposterous the human capacity to endure is, leads to the obsession with nonrelationality, with the search for "an expression outside the system of relations which has, until now, been held indispensable to whoever doesn't know how to limit himself to his own navel"("Georges Duthuit," 20).[15] But it also manifests itself in the search for an absolute

---

as ever, for whom alone accusative I exist, in the pit of my inexistence"(*SP*, 114). Here, too, this "inexistence"(the "accusative I"), despite its grammatical impossibility, remains, becoming another instance of the Beckettian "rest." For a substantive discussion of Beckett's use of the term "accusative", see Daniel Katz's "Alone in the Accusative".

14 In "The Exhausted," Deleuze distinguishes between tiredness or fatigue and exhaustion. One may be so tired that he "cannot realize the smallest possibility"; however, Deleuze continues, "possibility remains, because you never realize all of the possible, you even bring it into being as you realize some of it. The tired has only exhausted realization, while the exhausted exhausts all of the possible. The tired can no longer realize, but the exhausted can no longer possibilitate"(3).

15 In this letter to Georges Duthuit(Henri Matisse's son-in-law), Beckett is praising the "failures" of the Dutch painter Bram van Velde, whose art, he

silence, the aforementioned "silencing of silence." Predictably, though, as we learn in "Text 10," an echo of something always remains: "But there is not silence. No, there is utterance, somewhere someone is uttering. Inanities, agreed, but is that enough, is that enough, to make sense?"(*SP*, 141). And even when no one speaks, there remains, as the last words of *Texts for Nothing* tell us, "the impossible voice," speaking words from without: "it says, it murmurs" (*SP*, 154).

In the face of this inexorable murmuring, there also emerges what Blau calls "the poignancy of an unpurgeable nostalgia, the residual metaphysics in the diminuendo of being, the mourning in the entropic, so endemic to Beckett, or what even in the dominion of nothing always inclined towards lessness"("CommodiusVicus," 29). But this nostalgia, despite its "poignancy," is always fragmented and self-

---

writes, "is the first to repudiate relation in all its forms"(19). The artistic impulse to reject any identification between artist and world, between the drive of the artist and the work itself, is echoed, as we have seen, in much of Beckett's prose and drama. Beckett continues: "It is not the relation with this or that order of encounter that he refuses, but the state of being quite simply in relation full stop, the state of being in front of. We have waited a long time for the artist who has enough courage, who is enough at ease among the great tornadoes of intuition to realize that the break with the outside implies the break with the inside, that no relations of replacement for the naïve relations exist, that what we call the outside and the inside are the very same thing. I'm not saying that he doesn't search to reestablish correspondence. What is important is that he does not manage to. His painting is, if you like, the impossibility of reestablishing correspondence. There is, if you like, refusal and refusal to accept his refusal"(19).

recriminating, turned, as it is, towards a beginning that was unwished for and is now irrecuperable. What remains, then, are bits and scraps of mordant longings for the old myths of rebirth, accented, in *Endgame*, by Hamm's "herring fleet" and all its clichéd "loveliness":

> I once knew a madman who thought the end of the world had come. He was a painter—and engraver. I had a great fondness for him. I used to go and see him, in the asylum. I'd take him by the hand and drag him to the window. Look! There! All that rising corn! And there! Look! The sails of the herring fleet! All that loveliness!(*Pause*)
> He'd snatch away his hand and go back into his corner. Appalled. All he had seen was ashes(44).

While the nostalgia is "unpurgeable," the recoil against this nostalgia — here incarnated in the appalling "corniness" of the petrified romantic trope[16]—is equally inevitable. In "Text 11," the turn away from such flights of sentimentality is amplified, as the voice articulates a resonant urge to find a "no" capable of completely cancelling out any origin whatsoever: "Name, no, nothing is namable,

---

16 We may see in this "rising corn" an ironic echo of Keats's "Ode to a Nightingale," where the poet writes: "Perhaps the self-same song that found a path / Through the sad heart of Ruth, when, sick for home, / She stood in tears amid the alien corn"(*CP*, 238). Keats's two most famous lines might very well come from the conclusion to "Ode on a Grecian Urn": "Beauty is truth, truth beauty,—that is all / Ye know on earth, and all ye need to know"(240).

tell, no, nothing can be told, what then, I don't know, I shouldn't have begun"(*SP*, 144). Inevitably, a time before naming, a time before the word, is foreclosed from the first, in a world created by words, one in which all is words—and there is no way not to have begun the naming. With this insoluble predicament, the rest thus discloses itself in the residual nostalgia for what Derrida would call a "metaphysics of presence"(*Of Grammatology*, 49),[17] for a time before first, when the word, as proclaimed in John 1.1, was inseparable from truth: "In the beginning was the Word, and the Word was with God, and the Word was God":

> Blot, words can be blotted and the mad thoughts they invent, the nostalgia for that slime where the Eternal breathed and his son wrote, long after, with divine idiotic finger, at the feet of the adulteress, wipe it out, all you have to do is say you said nothing and so say nothing again. What can have become then of the tissues I was, I can seem them no more, feel them no more, flaunting and fluttering all about and inside me, pah they must be still on their old prowl somewhere, passing themselves off as me. Did I ever believe

---

17 For Derrida, the "metaphysics of presence" is indicative of the Western tendency to privilege presence over absence, speech over writing, with the first terms in these pairs being identified with truth and "the originary presentation of the thing itself"(*OG*, 49). Derrida writes: "I have identified logocentrism and the metaphysics of presence as the exigent, powerful, systematic, and irrepressible desire for such a [transcendental] signified"(49).

in them, did I ever believe I was there, somewhere in that ragbag, that's more the line, of inquiry, perhaps I'm still there, as large as life, merely convinced I'm not. The eyes, yes, if these memories are mine, I must have believed in them an instant, believed it was me I saw there dimly in the depths of their glades(*SP*, 124).

In this sardonic revision of the gospel, the words give rise to a nostalgia for what, presumably, never was; yet once these "mad thoughts'are "invented" they attain an immortality of their own, impervious to any attempts to unsay them or wipe them away. With the imperishable nostalgia guaranteed by the imperishability of words, identity is constituted by "tissues," which are indefinitely woven and unwoven by a voice that has but words to do so.[18] And even the negation of identity means an accretion of self, part of that "constant process of decantation" Beckett speaks of in *Proust*, for in the act of "blotting," there invariably arises something else to express. As such, the enduring nostalgia for a time before flesh was made word(or logos), for a time before embodiment, remains just as it has been, inscribed in words.[19]

---

18 In French, the voice also uses the word "les tissus": "les tissus que j'étais" (*Textes*, 156). The word "tissu" in French can mean "tissue"(in an anatomical sense), "fabric," "make-up," or "web."

19 Logos, from Greek, refers to the rational principle underlying everything. The "Word" of John 1.1 is a translation of "Logos." In this gospel, the logos is that through which everything is created, and is considered divine. For Derrida, the logos has always been bound up with the "metaphysics of presence,"

Ironically situating itself within the Judeo-Christian narrative, which moves from the Word towards the last word and some final revelation, the voice instantiates the anti-eschatological thrust in Beckett, the sense that the "slime where the Eternal breathed and his son wrote" has become a childhood story like that of "Joe Breem, or Breen"(*SP*, 103). And this vaguely-remembered story, the voice tells us, is a "comedy" that, revolving along its predictable arc, never began for the first time and never ended for the last time:

> A tale, it was a tale for children, it all happened on a rock, in the storm, the mother was dead and the gulls came beating against the light, Joe jumped into the sea, that's all I remember, a knife between his teeth, did what was to be done and came back, that's all I remember this evening, it ended happily, it began unhappily and it ended happily, every evening, a comedy for children(*SP*, 103).

This endlessly repeating narrative, one of the "old stories"(103), is relegated to what Beckett, in *Proust*, designates as the realm of "Habit," "the generic term for the countless treaties concluded between the countless subjects that constitute the individual and their correlative objects"(*BIV*, 516). For Beckett, though, the pendulum of human experience continually swings between "Habit *and* Suffering," the latter of which he says is "a window on the real and is the main

---

leading the philosopher to coin the term "logocentrism." See also note 17.

condition of the artistic experience"(520). Habit, as "a great deadener" (*Godot*, 105), wraps one's experiences in cotton wool, dulling suffering by virtue of boredom; suffering, then, is the disruption of habit, revealing the incommensurability "of our organic sensibility to the conditions of its worlds"(*BIV*, 520). In short, suffering opens the eyes of Beckett's voices to the mess, and their dreadful pensum to do something with it—without much hope for the redemptive clarity of Proust's "un peu de temps à l'état pur."[20] And thus, the voice's unredeemed suffering reflexively transforms itself into caustic mockery, with the eschatological subsumed by the scatological: "That's right, wordshit, bury me, avalanche, and let there be no more talk of any creature, nor of a world to leave, nor of a world to reach, in order to have done, with worlds, with creatures, with words, with misery, misery"(*SP*, 137). Beckett's use of the neologism "wordshit" in the English marks a significant departure from the "fatras" of *Textes pour rien*(177), which signifies a "clutter" or "jumble". The French's "impossible heap"(*Endgame*, 1) of discrete, dry words thus gives way, in English, to an abject, malodorous, semisolid mess. It is as if the source of misery in France were to be found at the library; in

---

20 See note 10. In the final volume of Proust's epic novel, *Time Regained*, the narrator Marcel writes of being "reborn" through a moment of involuntary memory. In this case, he describes the experience as occurring in "a moment brief as a flash of lightning," one which allows him "to secure, to isolate, to immobilise" "a fragment of time in the pure state" ["un peu de temps à l'état pur"](264).

English, located in one's gut. Whether an endless accumulation of organic waste or an infinite babble of intertextuality, the misery of trying to give form to it—both how it is and how it was—is soon transfigured, in the French and English of "Text 10," as a head without a body, its utterances made excrement: "the head has fallen behind, all the rest has gone on, the head and its anus the mouth, or else it has gone on alone, all alone on its old prowls, slobbering its shit and lapping it back off the lips like in the days when it fancied itself"(*SP*, 141). With the speaking of words reduced to an abject biological necessity, the voice, in this unsavory image, feeds upon its own excrement—adding to the mess, it is simultaneously, and unceasingly, sustained by it. And, for Beckett, this is the writerly condition, the cultural condition, the modern condition, the human condition: accommodating the mess necessarily means enlarging it. And what is so singular about the Beckettian condition is that this misery of using wordshit to incarnate more wordshit is made meticulous, irredeemable habit, which, in *Proust*, is also "the ballast that chains the dog to his vomit"(*BIV*, 515).

If the origin of anything, for Beckett, is, to put it in John Ashberry's words, "lost beyond telling"(*Self-Portrait*, 74)—with *it* always and forever funneled through a cultural or linguistic digestive tract—the question of how to begin, to begin again, nevertheless remains an obsession until the very end. Turning to *How It Is*, a novel "unbroken no paragraphs no commas not a second for reflection with the nail of the index until it falls and the worn back bleeding passim it was near the end like yesterday vast stretch of time"(70), we find in the French title an obvious pun on "beginning." "*Comment c'est*" does accurately translate as "*How It Is*," but it is also a homonym of the French verb "commencer"("to begin") in the infinitive, past participle, and second-person plural of the imperative mood. To a French ear, then, the title is immediately resonant with "to begin," "began" or "begun," and "Begin!" Both titles are singularly Beckettian, evoking the unpunctuated "bits and scraps" of repetition and reiteration that the reader is soon to encounter.[21] The linguistic resources of French, however, allow Beckett to more fully articulate how it is for a man crawling through the mud, struggling and failing to exhaust the inexhaustible voice he must quote, and begin again.

Beginning the novel with the "I"s claim that it is merely quoting another voice: "how it was I quote before Pim with Pim after Pim how it is three parts I say it as I hear it,"(*HII*, 7) Beckett instantiates what H. Porter Abbott calls "the bewildering multiplicity of the speaking subject"("Beginning Again," 112), which is beget in its encounter with the words that remain external to it. But it also reveals, in yet another iteration, the impossibility of getting to the beginning(or end), when the telling of a tale is always the retelling of

---

21 *How It Is*, which the critic Michael Robinson called "the strangest novel ever written"(qtd in *I Can't Go On,* 505), lacks any punctuation whatsoever(apart from apostrophes). Throughout *How It Is's* 147 pages, the only organizational structure is provided by block paragraph and the novel's three separate divisions(1, 2, and 3).

it. Without a single period or full stop to give meaning to the words, the "I" is both literally and grammatically stuck in this mess. And, as Blau tells it in an anecdote of an afternoon spent with Beckett in Paris, the paralysis, repetition, and misery inherent in this condition yields a vast reservoir of blooded-thought, which, in *How It Is* as elsewhere, instinctually turns to torment:

> As he described it then to me, he braced his arms before him to suggest the size of his desk, the containment of that space, containing the violence too, then stared into the table(we were at another café), as if he were writing there, and it were happening then, the going "way down, down, in complete dark, into the mud," alluvial site of the mess, and then he began to stammer through the saga of the man crawling in the mud who meets another man, the man he instinctively torments, the situation always the same, repeating itself to infinity, down in the dark, the mud, listening there for "a voice which is no voice, trying to speak," and he couldn't explain it but tried to explain, "I can't, I must," now the stammer not a stammer but the compulsion of how it is—"I can't. I can't. I can't. I can't."—and all of it a betrayal if it approaches the condition of speech .... And what is he listening for? I ask, as he speaks of a point before the beginning where the torment also occurred. "It can go on forever," he says, "listening now and forever, to the process of aging, for the lethal rhythm of death"(*Sails*, 14~15).

In Beckett's ever-narrowing worlds, something we see perhaps most insistently in the sealed house or brain of *Endgame*, any intersubjective relationship ineluctably entails cruelty and torment—"sadism pure and simple"(*HII*, 63). That is, unrelieved and meaningless suffering, as we endure all the inequities of mortality, becomes the only lesson we humans can teach to one another:

> first lesson theme song I dig my nails into his armpit right hand right
> pit he cries I withdraw them thump with fist on skull his face sinks
> in the mud his cries cease end of first lesson
>
> second lesson same theme nails in armpit cries thump on skull
> silence end of second lesson all that beyond my strength(62~63)

If the theme of *How It Is*, as the critical consensus would have it, is "the struggle of incipient form to emerge from existential formlessness"(*Grove*, 259), this struggle is characterized, first, by a violence of thought trying to burrow a form with and through what is essentially inchoate, but then by that violence made incarnate in the encounter between tormentor and victim. This reflex to torment seems to emerge, at least in part, from the need to "find something," following Gogo, "to give us the impression we exist"(*Godot*, 77). At the same time, it is also an iteration, reflective of Beckett's evisceration of the Western tradition, of the quasi-material violence of thought that is necessarily imbued in the intense search for something to give it all some meaning. And indeed, despite the utter uselessness of this "lesson," the complete lack of value attributed to suffering, the intensity with which Beckett painfully and persistently unveils "what vicissitudes within what changelessness"(*SP*, 137) does achieve a sublimity that is both absurd and appalling.

To return to the "I" of *How It Is*, and the broken nail of the writing hand's index finger, "worn black bleeding passim," we see a palpable figure for the violence of writing and thinking in a realm whose sole resource is a passim of words, memories, and impotent cultural references. The word "passim," used in a bibliographic reference to indicate that the writer has drawn upon material scattered throughout the source cited, is yet another instance of Beckett's conviction that the task, in whatever form, is both redundant and unfinishable:

> here then at last part two where I have still to say how it was as I hear it in me that was without quaqua on all sides bits and scraps how it was with Pim vast stretch of time murmur it in the mud to the mud when the panting stops how it was my life we're talking of my life in the dark the mud with Pim part two leaving only part three and last that's where I have my life where I had it where I'll have it vast tracts of time part three and last in the dark the mud my life murmur it bits and scraps(51)

With fatigue, torment, and incomprehension the *sine qua non*, and all about the ubiquitous "quaqua," we see that even when meaning is stripped to its fundamental sound, immersing us in non-sense, there is still the cacophony which must be accommodated. The bits and scraps, the *disjecta membra* of the Bible, Augustine, Dante, Shakespeare, Descartes, Pascal, Kant, Schopenhauer, Proust, Joyce, and Samuel Beckett himself that rematerialize and echo throughout his works, thus demonstrate Beckett's complete fidelity to the aesthetic theory articulated and engendered in his writing.[22] That is, the theory is the praxis, the praxis the theory, with nothing to be done about that either.

"That's where the court sits this evening, in the depths of that vaulty night, that's where I'm clerk and scribe, not understanding what I hear, not knowing what I write"(*SP*, 120), says the voice of "Text 5," finding itself, in due course, on trial and condemned to one long sentence, which it must write, over and over: "Yes, one begins to be very tired, very tired of one's toil, very tired of one's quill, it falls, it's noted"(*SP*, 121). But, as we see, even when the pen falls, it must be "noted," prolonging the sentence indefinitely. Nevertheless, by accentuating the gap between how it is and how it is not, Beckett reveals that hope remains irrepressible, even if it typically results in mortification, jaundice, and pathology: "Hope deferred maketh the something sick, who said that?"(*Godot*, 4). So while Didi's revision

---

22 "*Disjecta membra*," in Latin, means "scattered limbs," and appears in *Ovid's Metamorphoses. Disjecta: Miscellaneous Writings and a Dramatic Fragment by Samuel Beckett* is the title of a collection of some of Beckett's early writings in English, French, and German.

of Proverbs 13:12, "Hope deferred maketh the heart sick: but *when* the desire cometh, *it is* a tree of life," omits its possible fulfillment, we find, again and again, that this hope provokes a peculiar and illimitable inventiveness. And this is so, precisely, because it remains unfulfilled: "We're inexhaustible"(*Godot*, 68), says Didi in a moment of Beckettian clarity. Didi, Gogo, and all the rest will have to continue on, fruitlessly seeking form, meaning, an end; they will continue to endure the worst, which is "to *have* thought" (*Godot*, 71). This duplicity, thought as inescapable faculty and present perfect, reiterates the fact that protesting the Beckettain condition is mere vanity, even as it is protested, over and over again. At the conclusion of *Godot*, with pants around his ankles, Gogo cries out in desperation: "I can't go on like this."(109) To this, Didi answers, triumphantly and appallingly: "That's what you think."(109) And in the inextinguishable energy of Beckettian paralysis, we discover something vitally affective, and distressingly admirable, in simply remaining in this mess.

---

* 이 글은《比較文學》vol. 59(2013)에 게재되었다.

Works Cited

Abbott, H. Porter, "Beginning Again: The Post-Narrative Art of *Texts for Nothing and How It Is*," *The Cambridge Companion to Beckett*, ed. J. Pilling, Cambridge: Cambridge UP, 1993, pp. 106~123 Print.

Ackerley, C. J., "'Primeval mud impenetrable dark': Towards an Annotation of *Comment c'est/How It Is*," *Beckett: Out of the Archive*, Spec. issue of *MODERNISM/modernity* 18.4, 2011, pp. 789~800 Print.

Ackerley, C. J., and S. E. Gontarski, *The Grove Companion to Samuel Beckett: A Reader's Guide to His Works, Life, and Thought*, New York: Grove, 2004 Print.

_____, "'The Knowing Non-Exister': Thirteen Ways of Reading Texts for Nothing," *A Companion to Samuel Beckett*, ed. S. E. Gontarski. Chichester, UK: Wiley-Blackwell, 2010, pp. 289~295 Print.

Armstrong, Gordon S., *Samuel Beckett, W. B. Yeats, and Jack Yeats: Images and Words*, Lewisburg, PA: Bucknell UP, 1990 Print.

Ashbery, John, *Self-Portrait in a Convex Mirror: Poems*, New York: Penguin, 1990 Print.

Beckett, Samuel, *Collected Shorter Plays*, New York: Grove, 1984 Print.

_____, *Comment c'est*, Paris: éditions de Minuit, 1961 Print.

_____, *Disjecta: Miscellaneous Writings and a Dramatic Fragment by Samuel Beckett*, ed. Ruby Cohn, New York: Grove, 1983 Print.

_____, *Endgame and Act Without Words*, trans. Samuel Beckett, New York: Grove, 1958 Print.

_____, *How It Is*, trans. Samuel Beckett, New York: Grove, 1964 Print.

_____, *I Can't Go On, I'll Go On: A Samuel Beckett Reader*, ed. Richard W. Seaver, New York: Grove, 1976 Print.

_____, "Letter to Georges Duthuit, 9~10 March 1949," trans. Walter Redfern, *Beckett after Beckett*, ed. S. E. Gontarski and Anthony Uhlmann, Gainesville, FL: UP of Florida, 2006, pp. 15~21 Print.

_____, *Nouvelles et Textes pour Rien*, Paris: éditions de Minuit, 1958

Print.

_____, *Samuel Beckett: The Complete Short Prose, 1929~1989*, ed. S. E. Gontarski, New York: Grove, 1995 Print.

_____, *Samuel Beckett Volume IV: Poems, Short Fiction, Criticism*, ed. Paul Auster, New York: Grove, 2006 Print.

_____, *Three Novels: Molloy, Malone Dies, The Unnamable*, trans. Patrick Bowles in collaboration with the author, New York: Grove, 1959 Print.

_____, *Waiting for Godot*, trans. Samuel Beckett, New York: Grove, 1954 Print.

Benjamin, Walter, *Illuminations*, ed. Hannah Arendt, trans. Harry Zohn, New York: Schocken, 1968 Print.

The Bible: Authorized King James Version with Apocrypha, Oxford: Oxford UP, 2008 Print.

Bixby, Patrick, *Samuel Beckett and the Postcolonial Novel*, Cambridge: Cambridge UP, 2009 Print.

Blau, Herbert, "'The Commodius Vicus' of Beckett: Vicissitudes of the Arts in the Science of Affliction," *Beckett after Beckett*, ed. S. E. Gontarski and Anthony Uhlmann, Gainesville, FL: UP of Florida, 2006, pp. 22~38 Print.

_____, *Sails of the Herring Fleet: Essays on Beckett*, Ann Arbor: U of Michigan P, 2004 Print.

Cordingly, Anthony, "Beckett's Ignorance: Miracles/Memory, Pascal/Proust," *Journal of Modern Literature* 33.4, 2010, pp. 129~152, *JSTOR*, Web. 24 Dec. 2012.

Deleuze, Gilles, "The Exhausted," trans. Anthony Uhlmann, *SubStance* 24.3, 1995, pp. 3~28, *JSTOR*, Web. 20 Dec. 2012.

Derrida, Jacques, *Of Grammatology*, trans. Gayatri Chakravorty Spivak, Baltimore: The Johns Hopkins UP, 1997 Print.

Kafka, Franz, *Franz Kafka: The Complete Stories*, ed. Nahum N. Glatzer, New York: Schocken, 1971 Print.

Katz, Daniel, "'Alone in the Accusative': Beckett's Narcissistic Echoes," *Samuel*

Beckett Today/Aujourd'hui 5, 1996, pp. 57~72, *JSTOR*, Web. 29 Dec. 2012.

Keats, John, *Complete Poems and Selected Letters of John Keats*, New York: Modern Library, 2001 Print.

Mooney, Sinéad, "Beckett in French and English," *A Companion to Samuel Beckett*, ed. S. E. Gontarski, Chichester, UK: Wiley-Blackwell, 2010, pp. 196~208 Print.

O'Brien, Eoin, *The Beckett Country: Samuel Beckett's Ireland*, Dublin: Black Cat, 1986 Print.

Proust, Marcel, *In Search of Lost Time Volume I: Swann's Way*, trans. C. K. Scott Moncrieff and Terence Kilmartin & Revised by D. J. Enright, New York: Modern Library, 1998 Print.

_____, *In Search of Lost Time Volume VI: Time Regained*, trans. Andreas Mayor and Terence Kilmartin & Revised by D. J. Enright, New York: Modern Library, 2003 Print.

혼종적 정체성과 불가능한 자서전: 앗시아 제바르의 자서전 연구

《사랑, 기마행진》,《감옥은 넓은데》를 중심으로

이송이

프랑스어는 비밀스러운 글쓰기를 위한 언어이며,

아랍어는 신을 향한 열망을 위한 언어이며,

리베리아식 베르베르어는 가장 오래된 어머니 우상을

되찾고자 상상할 때 사용하는 언어다.

그리고 갇힌 소녀들을 위한 육체의 언어가 있다.

— 앗시아 제바르(Assia Djebar)

나는 자신을 표현하는 최고로 완벽한 프랑스어 문장을 통해

다음과 같은 존재를 발견한다. 그것은 발음할 수 없으며,

아랍어도 프랑스어도 아니며, 살아 있지도 죽지도 않은,

남자도 여자도 아닌 육체,

광기의 경계에서 정체성을 잃어버린 육체다.

— 압델케비르 카티비(Abdelkébir Khatibi)

1. 시작하며

현재 프랑스어권(francophone)에서 가장 높은 명망을 누리고 있는 작가 중 하나로 앗시아 제바르를 꼽는 데 주저하는 이는 없을 것이다. 많은 서구의 비평가들은 제바르의 작품을 프랑스어권 문학의 고전적이며 규범적 작품으로 간주하고 있을 정도다.[1] 제바르는 최초의 프랑스어권 아랍 작가이자 여성 작가로는 두 번째로 2005년 아카데미 프랑세즈 회원이 된 경력을 갖고 있다(마르그리트 유르스나르가 최초의 여성 작가다). 이러한 작가의 문학적 명성은 프랑스를 비롯한 서구의 문

---

* 이 글에서 다루는 두 작품《사랑, 기마행진》,《감옥은 넓은데》의 장르를 분류하는 문제는 아직까지 연구자들 사이에 많은 논란거리이자 연구 주제가 되고 있다. 따라서 이 작품들을 필자가 '자서전'으로 구분한 것은 절대적인 기준이나 평가에 따른 것은 아니다.

1 Robert Varga, *En(je)(u)x effets de métissage et voies de déconstruction dans l'autobiographie maghrébine d'expression française*, thèse de doctorat, Strasbourg: Université Marc Bloch Strasbourg 2, 2007, p. 186.

단에서 제바르를 거의 숭배하기까지 하는 '제바르 현상(le phénomène Assia Djebar)'[2]을 낳을 정도였다. 오늘날 제바르의 명성은 단지 서구 문단뿐만 아니라 세계 문단에서도 확인할 수 있다. 제바르는 2004년 이후 거의 해마다 강력한 노벨문학상 후보로 추천되는 작가이기 때문이다.

알제리 출신인 제바르는 과거 지배자의 언어인 프랑스어를 사용하여 타자이자 경계인으로서의 글쓰기를 보여주는 작가로 이름이 높다. 이처럼 제바르의 글쓰기는 이른바 탈식민적인 자아를 표현하는 수단으로 프랑스어를 바꾸어놓고 있다는 점에서 고유한 미학을 드러낸다고 할 것이다. 제바르의 텍스트에서 프랑스어는 식민체제를 통해 강제로 삭제한 알제리 문화의 특수성을 조명하며, 표현 수단을 상실한 알제리 여성들에게 목소리를 돌려주는 역할을 하고 있기 때문이다.

첫 번째 소설인 《갈증(La Soif)》[3]에서부터 가장 최근에 발표한 작품인 《아버지의 집 안 어디에도(Nulle part dans la maison de mon père)》에 이르기까지, 제바르의 작품은 대부분 자서전적 요소를 가지고 있으며, 자서전에 대한 특별한 논쟁을 불러일으키고 있다. 제바르는 흔히 서구의 산물이라 간주되는 자서전 양식을 빌려 서구적 규정으로 분류되지 않는 독창적인 장르를 만들어내고 있다. 여기에 더해 제바르의 작품들은 서구의 자서전이 가진 한계와 모순을 드러낸다는 점에서 더욱

---

2 *Ibid.*

3 1957년에 출판된 젊은 알제리 여성의 정열과 욕망을 그린 소설 《갈증》은 일부의 부정적 견해에도 불구하고 자전적 소설이라는 논란을 지속적으로 야기하고 있다. Pauline Plé, "Naissance de l'auteure entre deux mondes, Les débuts d'Assia Djebar," *Mémoire de recherche: master 2, spécialité Littérature*, Grenoble: Université Stendhal-Grenoble III, 2010, p. 88 참조.

주목된다. 제바르의 독특한 자서전적 이야기는 다양한 시점이 교차되며, 실제 기록과 픽션의 경계, 연대기적 시간의 경계, 문어와 구어의 경계가 사라지면서 완성되기 때문이다. 제바르는 '견고한 자아의 완성'이라는 이성적이며 남성 중심적인 서구의 가치관을 담고 있는 자서전 장르를 자아의 유동성과 여성성, 비서구적이며 탈식민적 특성을 담는 새로운 공간으로 바꾸어놓는다.

이 글에서는 이러한 제바르의 작품 세계가 드러내는 자서전적 미학을 《사랑, 기마행진(L'Amour, la fantasia)》과 《감옥은 넓은데(Vaste est la prison)》 두 작품을 통해 살펴볼 것이다. 1985년에 출판된 《사랑, 기마행진》은 자서전 논쟁을 본격적으로 일으킨 작품으로 간주되며, 1995년에 출판된 《감옥은 넓은데》는 현재까지 출판된 제바르의 작품 중에서 가장 자서전적인 작품[4]으로 평가받기 때문이다.

2. 혼종적 정체성

1) 이중적 자아와 필명

앗시아 제바르는 필명을 통해 작가로 제2의 정체성을 얻었다고 할 수 있다. 제바르의 본명은 파티마-조흐라 이말라옌(Fatima-Zohra Imalayène)인데, 첫 번째 작품인 《갈증》에서부터 이 필명을 사용했다.

---

4   Roswitha Geyss, *Bilinguisme littéraire et double identité dans la littérature maghrébine de langue française: le cas d'Assia Djebar et de Leila Sebbar*, Mémoire de fin d'études(Diplomarbeit zur Erlangung des Magistergrades für Philosophie), Vienne: Université de Vienne, 2006, p. 192.

작가가 필명을 사용하는 행위는 다양하게 해석할 수 있다. 이 다양한 해석 중에서, 합법적인 정체성을 규정하는 실명을 감추거나 버린다는 관점에서 볼 때, 필명을 사용하는 행위는 위반과 해방의 행위와의 접점을 찾게 만든다.[5] 필명을 사용한다는 것은 실명의 성(姓)에 내포하는 부권을 거부하고 이와의 단절을 표현하는 행위로 해석할 수 있기 때문이다. 이러한 관점에서 볼 때, 여성 작가들의 필명 사용은 더욱 특별한 의미를 갖는 것처럼 보인다. 필명을 사용했던 조르주 상드를 비롯한 19세기 서구의 유명한 여성 작가들의 예에서 이러한 사실을 쉽게 확인할 수 있다. 이 작가들은 남성 중심의 당시 서구 사회에서 여성의 이름으로 출판된 작품에 가해지는 편견에서 벗어나기 위해 일부러 필명을 사용한 것으로 알려져 있기 때문이다.[6]

제바르가 필명을 선택한 과정과 그 필명이 가지는 의미를 살펴볼 때, 이 여성 작가들의 필명 선택과 비슷한 점을 발견할 수 있다. 제바르가 필명으로 활동하기 시작한 가장 큰 이유는 아버지 때문이라고 알려져 있다.[7] 제바르는 과거 통치자였던 프랑스인의 언어를 사용하여 서구화된 알제리 여성의 이야기를 처녀작으로 출판하였다. 따라서 가족, 특히 아버지가 자신의 이 대범한 행동으로 인해 일어나게 될 추문의 피해자가 되지 않을까 두려워했다. 이 때문에 1957년 출판 당시 "작가의 자전적 요소가 조금도 들어 있지 않은 소설"[8]이라고 출판사에

---

5 Pierre Emmanuel, "Changer de nom," *Le Nom, Corps écrit*, vol. 8, Paris: P.U.F., décembre, 1983, p. 85.

6 Dominique Desanti, "Masquer son nom," *Le Nom, Corps écrit, op. cit.*, p. 93.

7 Anna Rocca, *Assia Djebar, le corps invisible: Voir sans être vue*. coll. 《Critiques Littéraires》, Paris: L'Harmattan, 2005, p. 48.

8 Daniel Lançon, "L'Invention de l'auteur: Assia Djebar entre 1957 et 1969 ou l'Orient second en français," *Assia Djebar: littérature et transmission: Colloque*

서 책에 일부러 명시할 정도였다.

과거 서구의 여성 작가들은 필명이라는 수단을 통해 남성 중심적인 부권제 사회가 부과하는 속박에서 벗어나려 한 것으로 보인다. 여기에 더해 아버지와 배우자의 성(姓)을 따라야 했던 상황을 고려해볼 때, 여성 작가들은 필명을 통해 남성의 성(姓)이 부과하는 보이지 않는 구속에서도 벗어날 수 있었을 것이다. 이러한 관점에서 볼 때, 제바르가 아버지의 성을 버림으로써 얻은 자유는 서양의 여성 작가들이 필명을 통해 얻은 자유와 다르지 않을 것이다.

그러나 제바르의 아버지가 작가에게 끼친 영향을 고려해볼 때, 그의 상징적 위치는 서구 여성 작가들의 아버지의 그것과는 차이가 있다. 여성에게 교육의 기회를 제공하지 않았던 당시 알제리에서, 프랑스 학교의 교사였던 제바르의 아버지는 딸에게 프랑스식 교육과 아랍 전통 방식의 교육을 받게 한 혁명적인 인물이었기 때문이다. 따라서 그는 아랍의 전통 사회가 여성에게 부과하는 속박에서 딸을 해방시킨 역할을 한 아버지라고 할 수 있다. 반면 이토록 큰 자유를 주었던 아버지는 딸의 자유로운 연애에 누구보다도 반감을 드러내는 인물이기도 하다.

아버지의 위치가 제바르에게 상징하는 자유와 구속이라는 이 역설적인 양면성은, 작가가 작품 활동을 위해 구사하는 프랑스어가 가진 양면성과 일치하는 점이기도 하다. 100년 넘게 알제리를 통치한 식민 통치자의 언어인 프랑스어는 알제리인인 제바르에게 구속과 압제의 언어다. 그러나 역설적으로 프랑스어는 작가에게 아랍의 전통 문화가 여성에게 강요하는 구속에서 벗어나 자유롭게 여성의 욕망을 표현할

---

de Cerisy du 23 au 30 juin 2008, Paris: Presses Sorbonne Nouvelle, 2010, p. 119.

수 있는 도구이기도 하다.

　이런 이유로 작가는 자신의 저서에서 프랑스어를 '독이 든 선물 (cadeau empoisonné)', 즉 '네소스의 튜닉(tunique de Nessus)'[9]이라 묘사한다. 여기에 덧붙여 작가는 프랑스어가 자신에게 '베일'[10]과 같다고 주장한다. 제바르는 이 표현을 통해 프랑스어가 마치 반투명한 베일처럼 그저 감추거나 은폐하기 위한 수단이 아니라고 주장하는 것처럼 보인다. 다시 말해 프랑스어는 작가의 욕망과 자유를 감추면서 동시에 비춰주는 역할을 하고 있는 셈이다.

　제바르라는 필명 역시 같은 식으로 해석할 수 있다. 이 필명이라는 베일을 통해 작가는 아랍의 전통적 기준에서 제기될 수 있는 개방적인 여성 작가에 대한 비판에서 스스로를 보호할 수 있기 때문이다. 동시에 제바르는 이 베일을 통해 자신의 욕망을 드러낼 수 있는 자유를 얻는다. 이러한 관점에서 볼 때 제바르의 필명에는 특별한 의의가 있다. 알제리 여성의 자아는 전통적인 아랍 문화에서는 아예 존재하지 않았으며, 프랑스 식민과 독재 정권을 거치면서 왜곡된 모습으로 재현되는 것이 현실이다. 따라서 작가의 필명은 이러한 부당한 여성 자아의 재현을 부정하면서 스스로 찾아가는 자아에 대한 명명이라고 볼 수 있다.

　한편 제바르라는 필명이 가진 뜻은 여러 가지로 해석할 수 있다. 이 필명은 아랍어 단어 '알제바르(al-Djebbar)'에서 유추해볼 수 있는데,

---

9　Assia Djebar, *L'Amour, la fantasia*, coll. 《Littérature & Documents》, Paris: Le Livre de poche, 2001, p. 304.

10　Ching Selao, "(Im)possible autobiographie Vers une lecture derridienne de L'amour, la fantasia d'Assia Djebar," *Études françaises*, Volume 40, Numéro 3, 2004, p. 133.

'피조물의 요구를 들어주는 자'[11]라는 의미가 들어 있다. 마찬가지로 제바르는 아랍의 방언으로 '치유자'라는 뜻으로도 해석된다.[12] 그리고 '앗시아'라는 단어에는 '위로하는 여인'이라는 뜻이 담겨 있다.[13] '알제바르'라는 단어가 나타내는 것처럼 신의 경지에까지 이르는 의미를 가진 이 필명은 다른 의미인 '치유자'와 '위로하는 여인'과 함께 더욱 특별한 의미를 전달하는 것으로 보인다.

이 글에서 다룰 두 편의 작품에서도 명백하게 드러나듯이, 제바르의 글쓰기는 프랑스 식민 통치자는 물론 알제리 민족주의자의 공식적인 역사에도 자리를 차지할 수 없었던 익명화된 수많은 여성들의 고통을 조명하고 있다. 따라서 제바르가 필명을 통해 구현하고자 하는 새로운 자아는 단순히 가부장적 전통과 식민의 압제에서 해방된 여성의 개인적인 자아만을 의미하지 않는다. 작가의 새로운 자아는 강력한 가부장적 전통과 식민 통치를 통해 이중으로 소외받고 고통 받은 집단이라 할 수 있는, 시대와 공간, 계급을 초월한 수많은 알제리 여성과의 연대에 의해 완성되는 특수한 자아다.

이 같은 관점에서 볼 때, 작가를 신의 위치와 일치시키기까지 하는 '제바르'라는 필명은 더욱 특별한 의미를 가지는 것으로 유추된다. '제바르'는 남성 중심적인 사회가 허용하지 않는 독자적인 권력을 획득하여 알제리 여성들의 요구를 충족시켜주는 여성 작가의 위치를 설명하는 어휘로 해석할 수 있기 때문이다. 이처럼 제바르는 욕망과 감정을

---

11 Daniel Lançon, *op. cit.*, p. 120.

12 Katherine Gracki, "Preface," *Women of Algiers in Their Apartment*, Charlottesville: University Press of Virginia, 1992, p. 11.

13 Mireille Calle-Gruber, *Assia Djebar, ou, La résistance de l'écriture*, Paris: Maisonneuve & Larose, 2001, p. 11.

표현하고 전달할 수단도 제대로 갖지 못했던 알제리 여성들과의 공감을 통해 그들의 소통 수단으로 변신하여 이들을 위로하고 치유하는 역할을 하는 것으로 보인다.

《사랑, 기마행진》에서 제바르는 프랑스 화가 프로망탱(Eugène Fromentin)이 1853년 사헬에서 절단된 한 알제리 여인의 손을 우연히 주웠다가 던져버리는 일화를 인용하고 있다. 작가는 이 일화를 묘사한 후, 프로망탱이 버린 그 여인의 손에 펜을 쥐어주려고 시도한다.[14] 과거와 현재, 현실과 환상이 뒤섞인 이러한 일화는 제바르가 가진 작가의 역할에 대한 생각과 글쓰기를 통한 여성들 간의 연대의식을 다시 한 번 확인시켜준다.

같은 식으로, 《감옥은 넓은데》에서 작가는 알제리 남부의 사막 한가운데 있는 틴 히난(Tin Hinan) 공주의 묘를 발견했던 자리에서 여성들 사이에 전승되던 언어의 흔적을 발견한다. 작가는 역사적 유물을 통해 과거에 존재했지만 사라진 여성들의 언어를 통해 오늘날까지 전승되고 있을 여성 간의 연대를 확인하는 것이다.

> 우리의 가장 비밀스러운 글쓰기(……); 오늘날 이 모든 미약한 소리들과 숨결들은 사막의 가장 깊은 곳에서 여성들의 유산으로 남아 있다.
> notre écriture la plus secrète … ; toute bruissante encore de sons et de souffles d'aujourd'hui est bien legs de femme, au plus profond du désert.[15]

---

14 *L'Amour, la fantasia, op. cit.*, p. 255.

15 Assia Djebar, *Vaste est la prison*, coll. 《Littérature & Documents》, Paris: Le Livre de Poche, 2002, p. 164.

2) 혼종적 자아, 여성적 자아, 탈식민적 자아

수십 년 전까지만 해도 아랍 문화권의 문헌에서 표현되는 '나(je)'는 서구적 개념의 자아를 규정하는 의미와 큰 차이를 보였다. 전통적으로 아랍 문화권의 문헌에서 '나'를 표현하는 경우는 종교적인 신성한 경험을 고백하는 경우에만 제한되었기 때문이다.[16] 여기에 더해, 공동체 의식이 강한 아랍 문화권에서는 공동체적 결속에서 제외되는 상태를 상실, 어둠과 동일시했다. 따라서 서구적인 '나'라는 표현의 필요성은 결코 강하게 요구되지 않았다.[17]

알제리의 문헌에서도 이와 같은 특징을 확인할 수 있다. 한편 프랑스의 식민 통치를 거치면서 알제리인에게 '우리'는 단순히 가족이나 부족의 경계를 넘어서서 국가적인 자아를 표현하는 어휘로 그 범위가 넓어지게 된다.[18] 프랑스 통치 이후 서구식의 현대화를 거친 알제리에서는 '나'가 문헌에서 본격적으로 등장하게 된다. 그러나 다수의 경우에는 개인적인 자아를 표현하는 것이 아니라 '우리'를 대신하는 단어로 혼동되어 사용된 것으로 보인다.[19] 다수의 문헌에서 '나'가 실제 사건을 객관적으로 증언하는 주체이지만, 개인적인 의견을 말하는 주체로 나타나지 않는 것은 이러한 사실을 입증하는 예가 될 것이다.[20]

알제리에서 '나'를 개인적이고 독립적인 주체적 자아를 규정하는 어

---

16 G. E. Von Grunebaum, *L'Identité culturelle de l'Islam*, Paris: Gallimard, 1973, p. 141.

17 Jean Déjeux, *La littérature féminine de langue française au Magreb*, Paris: Karthala, 1994, p. 67.

18 *Ibid.*, p. 66.

19 *Ibid.*

20 *Ibid.*, p. 62.

휘로 사용한 것은 오히려 여성 작가들이었다. 이들은 남성 작가들보다 선구적으로 공동체적인 '우리'가 아닌 개인적 자아를 구현하는 용어로 '나'를 사용하기 시작했으며, 이 때문에 보수적인 아랍 사회에서 많은 비난을 받았다.[21]

제바르는 바로 이 같은 식민지 시대 이후의 알제리 문학계의 고민과 변화를 대표하는 작가라 해도 지나치지 않다. 그녀의 작품들은 바로 이 '나'의 경계와 규정에 대한 새로운 시도와, 이를 통한 갈등을 지속적으로 반영하고 있기 때문이다.

특히 제바르가 자신의 작품을 통해서 끊임없이 표현하려는 것은 아랍 문화권에서 그 존재조차 인정되지 않았던 여성의 자아다. 전통적으로 아랍에서 사용되었던 '우리'는 남성들 간의 연대와 결속을 나타내는 어휘다. 따라서 제바르의 작품들은 이러한 '우리'에도 속하지 않고 서구식의 '나'로도 규정될 수 없는 아랍 문화권에서 여성의 자아를 표현할 수 있는 또 다른 '나'를 찾는 과정을 보여준다고 하겠다.

한편 여러 민족들이 공존하고 있고, 프랑스 식민지였던 알제리에서 여성의 자아를 표현하고자 할 때는 이미 그 수단을 선택하는 문제에서부터 갈등과 분열을 불러일으키는 것으로 보인다. 제바르는 이 같은 상황에 대해 "비밀을 표현하기 위해 프랑스어를, 신에 대한 열망을 표현하기 위해 아랍어를, 과거로 돌아가기 위해 베르베르어를, 갇힌 소녀들을 위해 육체의 언어를"[22] 사용한다고 밝혔다. 작가는 과거 식민 통치국의 언어가 자아를 표현하기 위한 수단의 하나로 자리 잡은 역설적인 상황에 대해 "프랑스어는 성채처럼 자리 잡고 있는 반면, 완전한

---

21 *Ibid.*, p. 109.
22 *L'Amour, la fantasia, op. cit.*, p. 254.

구어인 모국어는 누더기를 걸친 상태로 저항하고 공격한다"[23]라고 주장한다. 작가는《감옥은 넓은데》에서 이러한 고민과 갈등에 대해 특별한 해결책을 아래와 같이 시적인 방식으로 제시한다.

> 글쓰기의 침묵, 사막의 바람이 냉혹하게 소용돌이치고 있는 동안, 내 손은 달려간다. 아버지의 언어(부계의 언어에서 변화한 다른 곳의 언어)는 죽은 사랑의 언어들과 멀리 뒤편에 있는 조상들의 약해진 속삭임의 말문을 조금씩 분명하게 열어주고 있다. (……) 그토록 많은 목소리들이 느린 죽음의 현기증으로 서로 서로 섞여드는 동안 내 손은 달려간다.
>
> Silence de l'écriture, vent du désert qui tourne sa meule inexorable, alors que ma main court, que la langue du père(langue d'ailleurs muée en langue paternelle) dénoue peu à peu, sûrement, les langues de l'amour mort; et le murmure affaibli des aïeules loin derrière, … tant de voix s'éclaboussent dans un lent vertige de deuil – alors que ma main court ….[24]

위의 예문이 암시적으로 나타내는 것처럼, 제바르는 자신의 작품에서 아랍 문화권의 여성 자아를 표현하기 위해 기존의 언어를 특수한 방법으로 활용한다. 이처럼《사랑, 기마행진》에서는 식민 통치자의 언어인 프랑스어가 식민지 아랍 여성들의 자아를 구현하는 수단이 되고 있음을 발견하게 된다. 이 책의 3부인 〈목소리들(voix)〉은 바로 이 과정을 분명하게 보여준다. 〈목소리들〉은 알제리 전쟁의 폐해를 겪은 수많은 여성들의 고백으로 이루어져 있으며, 이 여성들의 이야기는 모

---

23 *Ibid.*, p. 299.
24 *Vaste est la prison, op. cit.*, p. 11.

두 '나(je)'로 서술되기 때문이다.

서양의 자서전은 서구식 자아가 가진 단일성과 절대성이라는 특징과 긴밀하게 연결된 장르라 할 수 있다.[25] 그러나 《사랑, 기마행진》의 3부에서 수많은 여성들이 모두 '나'로 자신의 이야기를 서술함으로써, 이 자서전 속에서의 '나'는 서구의 자아가 가지는 위치를 잃게 된다. 3부에서 이 여성들의 이야기는 특별한 구분 없이 서로 뒤섞여 이어지기 때문에 이 같은 자아의 변화가 더욱 드러난다. 여기에 더해 제바르는 무명의 여성들의 고백 중간에 자신의 이야기를 끼워넣는다. 이를 통해 이야기의 총체적인 서술자로서 작가인 '나' 역시 자신의 절대적인 위치를 상실하게 된다. 따라서 이러한 과정은, 마치 알제리 여성의 자아는 여성들 간의 관계와 연대를 통해 구현될 수 있음을 보여주는 듯하다.

식민 통치 중 파급되는 통치자의 언어는 흔히 근대화, 문명화라는 이데올로기를 전파하는 효과적인 수단이 된다고 알려져 있다.[26] 이처럼 이성적이고 규범적인 언어로 알제리에 자리 잡은 프랑스어를, 제바르는 가장 억압받는 계층인 여성들의 비이성적이며 여과되지 않은 하소연을 기술하는 언어로 만들고 있다. 여기에 더해 여성들의 고통스러운 회상은 구어체에 가까운 문장과 역시 구어에 더 자주 사용되는 복합과거 시제로 기술되어 있으며, 이야기의 끝 부분은 현재 시제로 기술되어 있다. 제바르는 식민지에서 공식적인 기록어의 역할을 했던

25 Georges Gusdorf, *Lignes de vie 2, Auto-bio-graphie*, coll. 《SCIENCES》, Paris: Odile Jacob, 1991, p. 45.
26 Ferenc Hardi, *Le roman algérien de langue française de l'entre-deux guerres: Discours idéologique et quête identitaire*, coll. 《Critiques Littéraires》, Paris: L'Harmattan, 2005, p. 18.

프랑스어에 알제리의 전통적인 언어가 갖는 구어적 특징, 즉 현재성과 감각성을 다시 부여하고 있는 것이다. 이처럼 작가는 남성 중심적, 이성 중심적이며 자아의 견고함을 나타내는 프랑스어 표현인 '나(je)'를 특별한 방식으로 해체하여, 아랍의 전통 사회에서도 식민화된 알제리에서도 자아를 갖지 못했던 알제리 여성들의 자아를 표현하는 수단으로 다시 규정하고 있는 것이다.[27]

3) 혼종의 언어, 공존의 언어

《감옥은 넓은데》의 2부 〈돌 위의 삭제(L'effacement sur la pierre)〉에서는 17세기 전반기에 두가에서 발견된 비문과 관련된 역사적인 사실과 작가의 상상력이 교차한다. 제바르는 기원전 138년 봄에 거행된 누미디아의 대왕 마시니사의 서거 10주년을 기념하는 비석의 제막식을 아래와 같이 서술한다.

> 두가의 자치구역에서 온 두세 사람이 연설을 시작했다: 첫 번째 연설자는 뽐내는 듯한 편안함을 가지고 카르타고어로 연설을 했다. (……) 더 작달막한 풍채를 가진 두 번째 연설자는 여유로움과 객관적인 열정으로 인해 되찾은 편안함을 갖고 베르베르어로 발언하였다. 그리고 가장 젊고 가장 화려한 옷차림을 한 세 번째 연설자는 미래의 언어라고 일컬어졌을 라틴어로 서둘러서 연설의 끝을 맺었다.
>
> Deux ou trois de la municipalité de Dougga entament des discours: le

---

27 이송이, 〈경계의 글쓰기와 탈식민적 여성의 자아: 앗시아 제바르(Assia Djebar)의 《사랑, 기마행진(L'Amour, la fantasia)》을 중심으로〉, 《외국문학연구》 40호, 2010년 11월, 198쪽.

premier, avec une aisance ostentatoire en punique …; le deuxième, d'allure plus râblée, intervient en berbère, avec comme un confort retrouvé du laisser-aller, de la chaleur d'être 'entre soi'. Et c'est le troisième, le plus jeune mais à l'habit le plus voyant, qui termine par une hâtive conclusion … en latin, 'la langue de l'avenir' a-t-il dû se dire.[28]

위의 인용문이 보여주는 것처럼 고대의 북아프리카는 페니키아어, 베르베르어, 라틴어가 공존, 공생하는 공간으로 나타나고 있다. 제바르는 실증적 자료를 통해 고대 누미디아의 비석 제막 에피소드를 재구성하고 창조함으로써 알제리의 상황에 대한 작가의 염원을 표현한 것으로 보인다. 알제리에서 고전 아랍어는 문헌에서 사용되며, 표준 아랍어, 구어 아랍어 방언은 일반적으로 상용된다. 그리고 프랑스어, 여성들 사이에 사용되는 아랍어, 소수가 사용하는 베르베르어가 있다.[29] 제바르는 알제리에서 이들 언어들 사이의 위계가 사라지고 공존을 통해 언어들이 더 풍요로워지기를 바라는 염원을 자신의 작품을 통해 구현하고 있다. 이를 위해 작가는 프랑스어라는 틀을 통해 사라져가는 모국어의 감각을 되살리고 모국어 고유의 음을 새겨 넣는 특별한 작업을 시도한다.[30]

---

28 *Vaste est la prison*, pp. 153~154.

29 Roswitha Geyss, *op. cit.*, p. 55.

30 작가는 이 작업에 대해 인터뷰를 통해 다음과 같이 설명한다. "내가 '탄식의 파편 (tesson de soupir)'과 같은 표현을 사용하는 것은 난해한 시를 쓰려는 의도는 아니다. 이것은 자음 운을 맞추는 프랑스어에서 아랍 시구의 감각을 되찾는 것을 가능하게 하기 위해서다." Lise Gauvin, "Territoires des langues: Entretien avec Assia Djebar," *L'Écrivain francophone à la croisée des langues*, Paris: Karthala, 1997, p. 30 참조.

제바르는 여기에서 더 나아가 문자의 형태로 존재하지 않는 여성들의 소통 수단을 프랑스어로 기술하려고 시도한다. 작가는 이 작업을 통해 프랑스 알파벳으로 단순히 여성의 말의 음을 기술하는 것이 아니라 더 원초적이고 근원적인 움직임을 기술하고자 한다. 제바르는 침묵을 강요당하는 알제리 여성들이 춤이나 회합, 신들린 상태와 같은 전통적인 의례에서 보여주는 육체의 움직임을 특별한 소통의 시도로 해석하고 있다. 이러한 관점에서 볼 때, 움직임을 통해 고정되거나 단일화되지 않는 알제리 여성의 육체는 규범적인 언어로 규정할 수 없는 여성의 자아를 표현한다고도 볼 수 있다. 과거 전통적인 의례에서 육체의 움직임은 여성들의 기쁨과 고통을 함께 교감하려는 시도이며, 이는 여성들 간의 연대를 통해 이루어진다는 점에서 진정한 의미의 알제리 여성들의 자아의 구현으로 간주할 수 있기 때문이다.

《감옥은 넓은데》에서 할머니에서 어머니, 그리고 딸로 이어지는 여성들 사이의 전승과 연대는 이 작품의 독특한 구성을 통해 드러난다. 작품의 3부 〈침묵하는 욕망(Un silencieux désir)〉은 제바르가 〈셰누아 산 여인들의 누바[31](La Nouba des femmes du Mont Chenoua)〉[32]를 촬영하면서 인터뷰한 여성들의 이야기와 함께 작가의 자전적 이야기를 담고 있다. 작가는 이 여성들의 이야기를 각각 'mouvement'

---

31 안달루시아 아랍 음악으로 1492년 그라나다 함락 후 북아프리카에 정착한 안달루시아인들에 의해 구전된 음악 장르를 말한다. 원뜻은 '순서를 기다리다'인데, 악사들이 통치자 앞에서 순서를 기다려 차례로 연주했기 때문에 생긴 용어라고 한다. Sālih al-Mahdī, *La musique arabe: structures, historique, organologie; 39 exemples musicaux extraits du répertoire traditionnel*, Paris: A. Leduc, 1972, p. 11 참조.

32 제바르가 감독하고 1978년에 발표한 영화 제목이다. 이 영화는 1979년 베니스 영화제에서 비평가상을 받았다.

라는 단위로 나누어 소개하고 있다. 영화 촬영을 하는 내용이므로 이 단위를 '카메라 이동'으로 해석할 수 있을 것이다. 그러나 한편으로 'mouvement'는 교향악의 악장으로도 해석할 수 있다. 제바르는 각각의 악장이 서로 다른 멜로디로 연주되면서도 큰 주제 아래 통합되는 교향악처럼 작은 에피소드들을 모아 '알제리 여성의 이야기'를 들려주고 있는 것이다. 이처럼 할머니와 손녀, 카메라 앞에 위치한 여인과 뒤에서 지휘하는 여인, 과거의 나와 현재의 나는 마치 교향악의 악장처럼 서로 단절되지 않고 유기적으로 맺어져 있음이 드러난다.

《사랑, 기마행진》에서 제바르는 노래와 함께 춤으로 전승되는 알제리 여성들의 육체의 언어를 프랑스어를 통해 전달하는 방법을 구사한다. 바로 다음과 같은 구절에서 이를 확인할 수 있다.

> 거친 숨결, 벼랑으로 떨어지는 시냇물과 같은 소리들, 샘물처럼 뒤섞이는 메아리들, 폭포 같은 속삭임들, 엮인 잡목림과 같은 밀담들, 혀 아래서 속삭이는 새싹들, 슈우 하는 소리들 그리고 기억의 선창 안에서, 곡선을 그리는 목소리를 꽉 붙들어맨다.
>
> Râles, ruisseaux de sons précipices, sources d'échos entrecroisés, cataractes de murmures, chuchotements en taillis tressés, surgeons susurrant sous la langue, chuintements, et souque la voix courbe qui, dans la soute de sa mémoire ....[33]

위 인용문은 《사랑, 기마행진》의 2부 마지막 장인 〈시스트룸(Sistre)[34]〉

---

33 L'Amour, la fantasia, op. cit., p. 156.
34 시스트룸은 고대 이집트의 악기로서, 풍요의 여신 아이시스의 예배 때 사용된 래틀의 일종이다. 자루가 달린 말발굽 모양의 금속 틀에 헐겁게 끼운 쇠막대 또는 고

의 일부다. 제바르는 신체의 리듬을 표현하기 위해 문장을 짧은 문구로 나누고 서로 이어지는 듯한 느낌이 나도록 한다.[35] 작가는 쉼표로 나누어진 단어와 문구들을 같은 음이 반복되는 단어들로 선택하여 서로의 연결성과 음악성을 강조한다. 인용문의 'Râles'와 'ruisseaux'에서는 'r' 음이 반복되며, 'ruisseaux'와 'sons'가 's' 음으로 서로 연결되어 이를 증명하고 있다. 이 장의 제목인 '시스트룸' 역시 여성과 밀접한 관련을 가진다. 이 악기는 풍요와 출산의 여신 아이시스를 섬기는 예배에서 사용했던 악기이기 때문이다.

한편 제바르의 작품에서는 의도적으로 삽입된 아랍어 단어나 직역한 아랍식 표현을 쉽게 발견할 수 있다. 《감옥은 넓은데》의 서문 〈글쓰기의 침묵(Le silence de l'écriture)〉에 나오는 '원수'를 의미하는 아랍어 방언 l'e'dou는 많은 예 가운데 하나일 것이다. 그 지역에서 여자들끼리 남편을 부르는 표현인 l'e'dou가 아랍어 발음 그대로 기술되어 이 표현을 듣고 충격을 받은 화자의 감정을 그대로 전달해주는 데 성공한다. 공중목욕탕에서 50대 여인에게 이 단어를 들은 화자는 이 단어의 아랍어 발음이 주변에 야기하는 불쾌함과 함께 이 말이 증오가 아니라 절망에서 생겼다는 것을 느낀다. 그리고 이 신랄하면서 단순한 단어가 자신의 영혼 깊숙한 곳을 울리고 글쓰기의 원천이 되었다고 토로한다.[36] 이와 같은 원어의 기술은 독자에게 독특한 단어의 음에 주목하

리를 흔들어 울린다. http://terms.naver.com/entry.nhn?docId=520729 참조.

35 Priscilla Ringrose, "Sistre and the Semiotic: Reinscribing Desire into Language," Ruhe, Ernstpeper, *Assia Djebar Studien zur Literatur und Geschichte des Magrheb, Band*, Würzburg: Königshausen & Neumann, 2001, p. 94; Roswitha Geyss, *op. cit.*, p. 164에서 재인용.

36 *Vaste est la prison, op. cit.*, pp. 13~14.

게 만들어 문장을 더욱 시적으로 보이게 하는 역할을 한다. 여기에 더해 같은 의미의 프랑스어 단어를 사용했다면 가능하지 않았을 다의적이며 심층적인 의미까지 전달해준다.

같은 식으로, 제바르는 작품 속에서 대상을 지시하는 프랑스어 단어가 존재함에도 불구하고 상황에 따라 아랍어를 직역한 표현을 자주 사용한다. 예를 들어 《사랑, 기마행진》에서는 번역할 수 있는 프랑스어 명사가 있음에도 며느리는 '그 애의 신부(sa mariée)'[37]라고 표현한다. 이는 신혼인 며느리를 시어머니가 다정하게 부르는 아랍식 표현이라고 한다. 작품 속에서 시어머니는 아들 부부가 결혼한 지 10년이 지났는데도 며느리를 위의 호칭으로 부른다. 《감옥은 넓은데》에서도 남의 아내를 유혹해서 도주하는 남자를 아랍어 표현을 그대로 옮겨 '신부 도둑(voleur de mariée)'[38]이라고 표현한다. 같은 식으로, 소중한 아들은 어머니의 '눈 안의 눈동자(prunelle de ses yeux)'[39]이며 '미래의 자부심(fierté de son avenir)'[40]이다. 이러한 방법은 특수한 문화적인 상황을 특별한 설명을 덧붙일 필요 없이 독자에게 직접적으로 전달하는 효과적인 수단이 된다. 더 나아가 프랑스어에 새로운 표현의 가능성을 열어주는 것처럼 보인다.

《감옥은 넓은데》라는 제목은 베르베르의 애가에서 인용한 것이다. 베르베르 원어로는 'Meqqwer Ihebs'인데 이 표현을 문자 그대로 번역한 것이다. 감옥이 넓다는 이 아이러니한 표현은 작품 속에서 여러 세대를 거쳐 반복된다. 이 표현은 누미디아의 왕 유구르타가 로마의 감

---

37 *L'Amour, la fantasia, op. cit.,* p. 94.

38 *Vaste est la prison, op. cit.,* p. 177.

39 *Ibid.*

40 *Ibid.*

옥에서 굶어 죽어가며 한 말인데, 이것이 1924년 티푸스로 죽은 셰리파를 애도하기 위해 부르는 노래의 가락을 거쳐 현재의 작가에게까지 이르게 된다.[41] 이러한 과정을 통해 'Meqqwer Ihebs'라는 표현은 세대를 거쳐 반복되면서 다양한 의미와 해석이 교차하는 표현으로 거듭난다.

제바르는 프랑스어를 아랍화하는 작가라는 평가를 받기도 한다. 이러한 평가는 작가가 아랍어의 고유한 시적인 아름다움을 프랑스어에 유입하여 프랑스어를 유동적이며 내밀한 언어로 바꿔놓고 있기 때문일 것이다. 이처럼 제바르는 서로 다른 문화권의 언어를 연결시키고 공존하게 하는 자신만의 방식을 발견한 것으로 보인다. 결국 작가의 이러한 방법을 통해 프랑스어는 새로운 잠재력을 가진 다중적이며 다층적인 언어로 거듭나게 되는 것이다. 이러한 이유로 비평가들은 여러 언어가 공존하는 제바르의 작품에서 다중 언어가 나타나는 것이 아니라 다원적인 하나의 언어(monolinguisme pluriel)가 나타나고 있다고 해석하기도 한다.[42]

3. 불가능한 자서전

1) 자서전의 경계, 경계의 자서전

《사랑, 기마행진》과 《감옥은 넓은데》는 1987년에 출판된 《술탄

---

41 *Ibid.*, p. 334.
42 Maya Boutaghou, "Langues, Corps, Histoire, Les Langues d'Assia Djebar," *Synergies Inde*, n°2, 2007, p. 358.

의 밤(*Ombre Sultane*)》, 1991년에 출판된 《메디나에서 멀리(*Loin de Médine*)》와 함께 '알제리 4중창(quatuor algérien)'[43]으로 불린다.

비슷한 구조를 가지는 《사랑, 기마행진》과 《감옥은 넓은데》는 각각 3, 4부로 나뉘어 이야기가 전개되는데, 각 부 도입부에 인용문이 덧붙여 있다. 제목이나 텍스트에 대한 부언 설명이라 할 수 있는 이 인용문은 작가가 자신의 글에 정당성을 부여하는 행위로 흔히 간주된다.[44] 여기에 더해 인용문은 작가의 텍스트와 특정한 지적, 문화적 전통과의 접점을 제시해주기도 한다.[45] 《사랑, 기마행진》, 《감옥은 넓은데》에서는 서구 작가와 아랍 작가들의 작품이 함께 인용된다. 따라서 작가의 이러한 시도는 자서전이 아랍 문화와 서구 문화의 전통이 함께 계승되는 공간이라는 사실을 확인시켜주는 장치로도 해석된다.

특히 《사랑, 기마행진》에서 제바르는 외젠 프로망탱, 이븐 할둔, 성 아우구스티누스의 글을 차례로 인용함으로써 더욱 특별한 의미를 전달해주는 것처럼 보인다. 프로망탱의 여행기는 공적인 기록이며, 이븐 할둔의 자서전은 사적인 기록임에도 불구하고, 인용된 부분만 보면 오히려 반대로 느껴진다. 프로망탱의 글이 추상적이라면 이븐 할둔의 글은 공식적인 사실을 기록하고 있기 때문이다. 제바르는 이와 같은 인용문을 통해 서구적 장르가 규정하는 경계에 대해 의문을 제기하는 것으로 보인다. 3부의 인용문인 《고백록(*Confessions*)》의 저자 성 아우구스티누스는 그 인물 자체가 이런 의문을 보여준다고 하겠다. 성 아우구스티누스는 지금의 알제리에 속하는 지역 출신이지만 가톨릭교

43 Soheila Kian, *Ecritures et transgressions: D'Assia Djebar et de Leïla Sebbar, Les traversées des frontières*, Paris: L'Harmattan, 2009, p. 21.

44 Gérard Genette, *Seuils*, coll. 《Points Essais》, Paris: Seuil, 2002, p. 145.

45 *Ibid*., p. 147.

회를 창시한 인물로 평가받고 있다. 여기에 더해 아랍 출신으로서 서양의 자서전적 전통을 확립한 사람이기도 하다.[46] 제바르는 이와 같은 경계의 교란을 통해 서양의 장르가 부과하는 경계의 허상과 함께 서양의 자서전 장르가 은연중에 전달하는 유럽 중심적인 이데올로기의 모순을 드러내고 있다.

　제바르의 자서전은 개인의 생애와 역사, 즉 개인의 역사와 공적인 역사가 교차하는 공간이라는 것이 드러난다. 이처럼 《사랑, 기마행진》에서는 프랑스 점령기와 이후 알제리 전쟁을 겪는 작가 자신의 일대기와, 프랑스가 알제리를 점령하는 1830년 이후의 역사적 사건들이 교차한다. 《감옥은 넓은데》 역시 주인공과 에메라는 젊은이가 나누는 불가능한 사랑 이야기와, 두가에서 17세기에 발견된 비문의 역사, 19세기부터 현대까지의 알제리 여인들의 이야기가 교차한다. 《사랑, 기마행진》이란 제목에서 이미 이러한 특징을 발견할 수 있다. '사랑'이 지극히 개인적이고 추상적인 영역이라면, 공식적인 행사인 '기마행진'은 공적이며 구체적인 영역이기 때문이다.[47]

　《사랑, 기마행진》과 《감옥은 넓은데》의 제목과 구조 역시 제바르의 자서전이 갖는 특징을 다시 한 번 보여준다. 《사랑, 기마행진》 1부의 소제목은 "처음 학교 가는 어린 아랍 소녀(Fillette arabe allant pour la première fois à l'école)"와 같은 구체적인 내용의 서술형 제목과, I, II 등과 같이 단순한 분류형 제목으로 구성되어 있다. 《감옥은 넓은데》에서 1부 〈마음속의 사라짐(l'effacement dans le coeur)〉은 '낮잠(la sieste)', '얼굴(le visage)' 등의 개인적이고 내면적인 내용을 추정할

46　Soheila Kian, *op. ci.*, p. 44.
47　이송이, 앞의 글, 185~186쪽.

수 있는 소제목으로 구성되어 있다. 반면 2부 〈돌 위의 사라짐(l'efface-ment sur la pierre)〉은 역사적 사건이라고 추측할 수 있는 '튀니스의 노예(l'esclave à Tunis)'와 같은 소제목으로 구성되어 있다.

그러나 제바르의 작품에서 주목할 만한 점은 이 같은 분류 방식을 통한 공적인 이야기와 사적인 이야기의 경계가, 이야기가 전개됨에 따라 서서히 사라진다는 점이다. 《사랑, 기마행진》에서 역사적 사실을 서술할 때 숫자로 구별되는 단순 분류형의 제목을 붙인 것은 마치 역사적 사실이 가진 객관성과 연대기성을 보여주려는 의도처럼 느껴진다. 그러나 2부에서 작가는 역사적 사실에는 서술형 제목을 붙이고, 반대로 개인적인 이야기는 숫자로 분류하고 있다. 이처럼 제바르는 1845년에 일어났던 프랑스군의 양민 학살 사건에 '동굴 속에 쓰러져 있는 여자들, 아이들, 소들(Femmes, enfants, boeufs couchés dans les grottes)'이라는 서술형 제목을 붙이고 있다. 3부에 이르면 이러한 분류조차 의미가 없어진다. '묻혀버린 목소리들(Les voix ensevelies)'이라는 제목이 암시하듯이, 3부는 프랑스 점령기와 알제리 전쟁 당시 무명의 여성들의 증언으로 이루어져 있으며, '목소리들(voix)'이라는 반복적인 동일한 소제목으로 나누어져 있기 때문이다.[48] 《감옥은 넓은데》에서와 같은 방식의 전복성을 발견할 수 있다. 개인적 이야기와 역사적 사실로 나누어졌던 1부와 2부는 3부에서 그 경계를 점점 상실하게 된다. 3부는 제바르의 영화 촬영과 할머니에서부터 이어지는 작가의 개인사가 교차하면서 전개된다. 그리고 이 마지막 부분에서 카메라를 통한 객관적인 기록의 과정은 개인적이며 주관적인 회상의 과정과 완전히 뒤섞이게 된다.

---

48 이송이, 앞의 글, 186쪽.

이처럼 작가는 특별한 자서전을 통해 역사는 객관적, 체계적, 연대기적인 기록이며, 개인적 이야기는 주관적, 파편적, 비연대기적인 기록으로 분류하는 통념에 균열을 가한다. 제바르의 자서전들을 통해 공식적인 역사는 그 연대기성과 객관성을 의심받게 되며, 개인의 이야기는 오히려 새로운 실증성을 얻게 되는 것이다.[49]

이와 같이 《사랑, 기마행진》, 《감옥은 넓은데》는 역사소설로도 자서전으로도 경계 짓기 어려운 새로운 장르로 규정될 수 있는 작품이다. 역사소설과 자서전이 서구의 장르에서 특히 실증성을 강조하는 장르라면 제바르의 작품들은 이 장르의 실증성에 숨은 허상을 드러낸다고 할 수 있다. 그리고 이런 독특한 방식을 통해 서구식 실증성으로 규명할 수 없는 진실에 접근한다는 점에서 작품이 가진 미학의 의미를 찾을 수 있다.

2) 복수의 자서전, 역사 자서전

"작가가 연출가이자 배우인 무대"[50]라는 정의에서 알 수 있듯이, 서양의 자서전은 자아에 대해 절대성을 부여함으로써 이루어지는 장르라 할 수 있다. 전통적으로 서양의 자서전을 구별하는 중요한 특징으로 언급되는 "작가, 서술자, 주인공의 통일"[51]은 바로 이를 입증해준다.

이런 관점에서 볼 때, 《사랑, 기마행진》과 《감옥은 넓은데》는 서양

---

49 이송이, 앞의 글.

50 Georges Gusdorf, *Lignes de vie 1, Les écritures du moi*, coll. 《SCIENCES》, Paris: Odile Jacob, 1991, p. 311.

51 Philippe Lejeune, *Le pacte autobiographique*, coll. 《Points Essais》, Seuil, 1996, p. 15.

의 자서전 규칙에서 완전히 어긋난다. 더 나아가 이 두 작품은 후에 자서전의 영역을 확장시킨 개념인 두브로브스키(Serge Doubrovsky)의 '오토픽션(autofiction)'이나 로브-그리예(Alain Robbe-Grillet)의 '새로운 자서전(nouvelle autobiographie)'에도 포함시키기 불가능한 것으로 보인다.[52] 두 작품 속에서 '나'는 결코 '작가, 서술자, 주인공'에 통일되지 않기 때문이다. 오히려 아래의 인용문이 보여주듯이 작가는 노골적으로 이 삼일치 법칙을 깨뜨리고 있음을 당당히 표현하고 있다.

> 나는 나를 지우고 싶다. 나의 글쓰기를 지우고 싶다.
>
> (……)
>
> 나는 이야기하는 이를 이스마라는 이름으로 다시 부를 것인가?
>
> Je veux m'effacer. Effacer mon écriture.
>
> …
>
> Appellerai-je à nouveau la narratrice Isma?[53]

위 글에서 '이스마'라는 이름은 단순히 아랍 여성의 이름을 넘어 아랍어에서 복수 명사를 나타내는 표현이다.[54] 따라서 이 이름은 구체적인 개인을 지시한다기보다 알제리 여성 모두를 지시하는 표현이라

---

52 이 두 개념은 작가, 서술자, 주인공이 동일하게 나타나는 픽션을 정의하는 개념이므로 제바르의 작품들을 여기에 포함하는 것은 무리가 있다. Philippe Gasparini, *Autofiction: Une aventure du langage*, coll. 《Poétique》, Paris: Seuil, 2008, p. 23 참조.

53 *Vaste est la prison, op. cit.,* p. 331.

54 Najiba Regaïeg, "Vaste est la prison d'Assia Djebar ou l'autobiographie impossible," *Les enjeux de l'autobiographie dans les littératures de langue francaise*, Paris: L'Harmattan, 2006, p. 277.

는 해석이 가능하다. 마찬가지로 《사랑, 기마행진》의 1부에서 작가를 지칭하던 '나'는 3부에서 알제리 역사의 증인이 된 수많은 여성들을 지시하는 표현으로 확대된다. 이 같은 독특한 미학으로 인해, 제바르의 자전적 이야기를 규정짓기 위해 '집단 자서전(autobiographie collective)',[55] '복수의 자서전(autobiographie plurielle)',[56] '역사 자서전(autohistoriography)'[57]이라는 새로운 장르의 용어까지 나오게 되었다.

한편 제바르의 자서전이 가진 미학은 아랍 문화의 전통과 연결되어 해석되기도 한다. 자전적 이야기와 역사적 사실의 혼합이라는 양식은 아랍에서 전통적으로 선지자의 말을 전하는 방식이기 때문이다. 그리고 이 경우에 상상이나 환각은 실증적인 사실만큼이나 진리를 전하는 중요한 방식으로 간주된다.[58] 《사랑, 기마행진》, 《감옥은 넓은데》에서 바로 이와 같은 전통적인 아랍의 기술 방식을 엿볼 수 있다. 역사적 사실을 기술하는 부분에서 작가는 상상으로 마치 당시의 상황을 눈앞에 보는 것처럼 재현하고 있기 때문이다. 《사랑, 기마행진》에서 프랑스 전함에 의해 함락당하기 직전의 알제의 모습을 묘사하는 다음과 같은 장면이 좋은 예다.

나는 나 자신이 새벽 기도를 잊고 테라스로 올라갔던 후세인의 아내라고

---

55 Patricia Geesey, "Collective Autobiography: Algerian Women and History," *Dalhousie French Studies*, 35, 1996, p. 153.

56 Hafid Gafaiti, "L'autobiographie plurielle: Assia Djebar, les femmes et l'histoire," *Postcolonialisme & Autobiographie*, coll. 《Textxet》, Amsterdam: Rodopi, 2004, p. 149.

57 *Ibid*.

58 Elke Richter, "L'autobiographie au Maghreb postcolonial," *Les enjeux de l'autobiographie dans les littératures de langue francaise, op. cit.,* p. 165.

상상해본다. 저녁에 테라스를 왕국으로 삼았으며 그때 거기 다시 모여 있던 또 다른 여인들이라고 상상해본다.

Je m'imagine, moi, que la femme de Hussein a négligé sa prière de l'aube et est montée sur la terrasse. Que les autres femmes, pour lesquelles les terrasses demeuraient royaume des fins de journée, se sont retrouvées là, ...[59]

자서전(autobiographie)이라는 단어가 19세기 유럽에서 탄생했다[60]는 사실에서 유추할 수 있듯이, 서양의 자서전은 근대성의 가치를 근본적인 이데올로기로 내포한 장르로 간주된다. 따라서 서구 남성을 기준으로 한 절대적이고 완성된 자아를 제시하는 것이 서양의 자서전이라면, 제바르의 자서전은 이 근본적인 자서전의 가치를 부정하면서 완성되는 특수한 자서전이라 할 수 있다. 제바르의 자서전은 자아의 모호함과 분열을 드러내며, 상상에 특별한 가치를 부여함으로써 서구적인 실증성의 허상을 보여주기 때문이다. 이처럼 제바르의 자서전은 과거 식민 통치 아래 폄하되었던 요소들이 가진 가치를 재조명함으로써 식민지 통치의 이념이 되었던 근대성의 모순과 허상을 폭로한다.

여기에 더해 무수한 '나'가 함께 서술하며 공명하는 분열의 자서전은 결국 표현의 수단을 갖지 못했던 알제리 여성들이 모두 주체의 자리를 갖는 자서전이 가능하다는 사실을 보여준다.

---

59 *L'Amour, la fantasia, op. cit.*, p. 17.
60 Georges May, *L'autobiographie*, Paris: P.U.F., 1979, p. 12.

4. 마치며

고국의 역사가 늘 작품의 중요한 부분을 차지하는 제바르의 자서전에서, 작가의 진정한 자아를 찾는 과정은 알제리의 자아를 찾는 과정과 겹쳐진다. 작가 스스로도 자신의 이야기와 알제리 이야기는 떼놓을 수 없다는 점을 강조하면서, 자신의 작품들을 '이중의 자서전(double autobiographie)'이라고 표현했다.[61]

역사적으로 알제리는 다양한 문화가 교차함으로써 고유의 독창적인 문화를 형성한 나라로 알려져 있다. 따라서 베르베르족, 로마제국, 안달루시아, 오스만튀르크, 프랑스 등의 다양한 문화들이 알제리의 일부를 이루고 있으며, 알제리를 정의하는 데 어느 하나도 빼놓을 수 없는 부분이라 할 것이다. 따라서 제바르의 자서전에 나타나는 수많은 '나(들)'를 통해 알제리의 풍요로움과 다양성을 재현하려는 작가의 시도를 엿볼 수 있다고 해도 지나치지 않다.

제바르는 이 혼종적이며 풍요로운 알제리의 정체성을 표현하기 위해 아랍화한 프랑스어라는 혼종의 언어를 창조하고 있다. 작가는 과거 통치자의 언어를 변형, 혼종화하여 조국의 고유한 아름다움을 재현하는 가장 적절한 수단으로 변형시키는 데 성공한다. 제바르에게 압제이자 해방의 언어였던 프랑스어는 작품 속에서 이 이분법을 극복하는 수단이 된다.

제바르의 자서전은 '정착'을 거부하는 이야기로 나타난다. 이 자서전 속에서 공식적인 날짜는 의미가 없어지며, 수많은 '나(들)'는 다양한

---

61 Assia Djebar, "Idiome de l'exil et langue de l'irréductibilité," *Assia Djebar*, Würzburg: Königshausen & Neumann, 2001, p. 13.

공간과 대륙을 넘나들며 이야기를 이어가기 때문이다.

이처럼 《사랑, 기마행진》, 《감옥은 넓은데》에 등장하는 상상과 현실, 과거와 현재를 오가는 '나(들)'는 작가의 가장 은밀하고 내면적인 이야기를 시공간을 초월한 이야기로 위치시킨다. 따라서 표현 수단을 잃은 알제리 여성들에게 목소리를 돌려주려는 작가의 시도는 여성이 태초에 가졌던 고유의 표현 수단을 찾아가는 긴 여정으로 점점 바뀌게 된다.

제바르는 서구의 자서전이 가진 경계를 해체하면서, 자서전 장르에 내재한 서구 중심적이며 남성 중심적인 이데올로기를 함께 해체한다. '피조물의 요구를 들어주며 위로하는 여인'인 작가는 이 같은 불가능한 자서전을 시도하여 근대적인 주체의 이야기를 타자의 진정한 이야기로 재탄생시키고 있는 것이다.

---

* 이 글은 《比較文學》 vol. 59(2013)에 게재되었다.

참고문헌

이송이, 〈경계의 글쓰기와 탈식민적 여성의 자아: 앗시아 제바르(Assia Djebar)의
   《사랑, 기마행진(*L'Amour, la fantasia*)》을 중심으로〉, 《외국문학연구》
   40호, 2010년 11월.

al-Mahdī, Sālih, *La musique arabe: structures, historique, organologie; 39
   exemples musicaux extraits du répertoire traditionnel*, Paris: A.
   Leduc, 1972.

Boutaghou, Maya, "Langues, Corps, Histoire, Les Langues d'Assia Djebar,"
   Synergies Inde, n° 2, 2007.

Calle-Gruber, Mireille, *Assia Djebar, ou, La résistance de l'écriture*, Paris:
   Maisonneuve & Larose, 2001.

Déjeux, Jean, *La littérature féminine de langue française au Magreb*, Paris:
   Karthala, 1994.

Desanti, Dominique, "Masquer son nom," *Le Nom, Corps écrit*, vol 8, décembre,
   Paris: P.U.F., 1983.

Djebar, Assia, *L'Amour, la fantasia*, coll. 《Littérature & Documents》, Paris: Le
   Livre de poche, 2001.

_____, "Idiome de l'exil et langue de l'irréductibilité," *Assia Djebar*,
   Würzburg: Königshausen & Neumann, 2001.

_____, *Vaste est la prison*, coll. 《Littérature & Documents》, Paris: Le
   Livre de Poche, 2002.

Emmanuel, Pierre, "Changer de nom," *Le Nom, Corps écrit*, vol. 8, Paris: P.U.F.,
   décembre, 1983.

Gafaiti, Hafid, "L'autobiographie plurielle: Assia Djebar, les femmes et l'histoire,"
   Postcolonialisme & Autobiographie, coll. 《Textxet》, Amsterdam:
   Rodopi, 2004.

Gasparini, Philippe, *Autofiction: Une aventure du langage*, coll. 《Poétique》,
   Paris: Seuil, 2008.

Gauvin, Lise, "Territoires des langues: Entretien avec Assia Djebar," *L'Écrivain francophone à la croisée des langues*, Paris: Karthala, 1997.

Geesey, Patricia, *Collective Autobiography: Algerian Women and History*, Dalhousie French Studies 35, Nova Scotia: Dalhousie University, 1996.

Genette, Gérard, *Seuils*, coll. 《Points Essais》, Paris: Seuil, 2002.

Geyss, Roswitha, *Bilinguisme littéraire et double identité dans la littérature maghrébine de langue française: le cas d'Assia Djebar et de Leila Sebbar*, Mémoire de fin d'études(Diplomarbeit zur Erlangung des Magistergrades für Philosophie), Vienne: Université de Vienne, 2006.

Gracki, Katherine, "Preface," *Women of Algiers in Their Apartment*, Charlottesville: University Press of Virginia, 1992.

Gusdorf, Georges, *Lignes de vie 1, Les écritures du moi*, coll. 《SCIENCES》, Paris: Odile Jacob, 1991.

_____, *Lignes de vie 2, Auto-bio-graphie*, coll. 《SCIENCES》, Paris: Odile Jacob, 1991.

Hardi, Ferenc, *Le roman algérien de langue française de l'entre-deux guerres: Discours idéologique et quête identitaire*, coll. 《Critiques Littéraires》, Paris: L'Harmattan, 2005.

Kian, Soheila, *Ecritures et transgressions: D'Assia Djebar et de Leïla Sebbar, Les traversées des frontières*, Paris: L'Harmattan, 2009.

Lançon, Daniel, "L'Invention de l'auteur: Assia Djebar entre 1957 et 1969 ou l'Orient second en français," *Assia Djebar: littérature et transmission: Colloque de Cerisy du 23 au 30 juin 2008*, Paris: Presses Sorbonne Nouvelle, 2010.

Lejeune, Philippe, *Le pacte autobiographique*, coll. 《Points Essais》, Paris: Seuil, 1996.

May, Georges, *L'autobiographie*, Paris: P.U.F., 1979.

Plé, Pauline, *Naissance de l'auteure entre deux mondes, Les débuts d'Assia Djebar*, Mémoire de recherche: master 2, spécialité 《Littérature》, Grenoble: Université Stendhal-Grenoble III, 2010.

Regaïeg, Najiba, "Vaste est la prison d'Assia Djebar ou l'autobiographie impossible," *Les enjeux de l'autobiographie dans les littératures de langue française*, Paris: L'Harmattan, 2006.

Richter, Elke, "L'autobiographie au Maghreb postcolonial," *Les enjeux de l'autobiographie dans les littératures de langue française*, Paris: L'Harmattan, 2006.

Rocca, Anna, Assia Djebar, le corps invisible: Voir sans être vue. coll. 《Critiques Littéraires》, Paris: L'Harmattan. 2005.

Selao, Ching, "(Im)possible autobiographie Vers une lecture derridienne de L'amour, la fantasia d'Assia Djebar," *Études françaises*, Volume 40, Numéro 3, 2004.

Solomon, Maynard, *Beethoven*, New York: Schirmer Books, 1998.

Varga, Robert, *En(je)(u)x effets de métissage et voies de déconstruction dans l'autobiographie maghrébine d'expression française*, thèse de doctorat, Strasbourg: Université Marc Bloch Strasbourg 2, 2007.

Von Grunebaum, G. E., *L'Identité culturelle de l'Islam*, Paris: Gallimard, 1973.

http://terms.naver.com/entry.nhn?docId=520729

이중언어 글쓰기와
트랜스내셔널 리터러시

아룬다티 로이의 소설과 정치 에세이를 중심으로

───────

이창남

1. 시작하며: 이중언어 작가의 역설

> 3억 인구가 문맹인 나라에서 작가—이른바 '유명한' 작가라는 것은 미심쩍은 영예입니다.[1]

아룬다티 로이는 국내에서 '작가와 세계화'라는 제목으로 번역된 〈The Ladies have Feelings, so…〉라는 에세이에서 오늘날 인도에서 유명 작가라는 존재의 모호한 입지에 대해서 이렇게 고백하고 있다. 현대 인도에서도 베다 힌두의 처세훈에 나오는 것과 같은 브라만적 본능, 요컨대 "달리트[2]가 경전의 어느 한 부분이라도 엿들었다면 그의 귀

---

1   아룬다티 로이 지음, 박혜영 옮김, 〈작가와 세계화〉, 《9월이여, 오라》, 녹색평론사, 26쪽. 이 에세이의 영어판은 Arundhati Roy, *Power Politics*, Cambridge: South End Press, 2001, pp. 1~34를 사용한다. 이하 로이의 작품과 에세이 인용은 영어판에 준하며, 참고문헌에 제시된 한국어판을 참조한다.

2   일명 불가촉천민(untouchables)으로 인도 카스트의 최하층 계층보다 아래로, 계급 범주의 바깥에 있는 비존재적 존재.

에 납을 녹여 부어야 한다"(Roy, 2001, p. 25)는 카스트적 지식의 독점과 조작은 현재 진행형이다. 소위 전문가 지식인층은 "남들의 절망과 불행을 먹고사는 기생충처럼"(Roy, 2001, p. 26) 현실을 지식으로 기만하고, 약탈과 만행의 과정인 세계화를 미화한다. 이러한 전문가 지식의 다른 한편에서 현실을 목도하는 양식 있는 작가에게, 그것도 세간에 '유명한' 작가라는 이름은 불편한 영예일 수밖에 없을 것이다.

1997년 《작은 것들의 신(The God of Small Things)》이라는 작품으로 부커상을 수상했으며, 세계 각국의 언어로 번역되어 600만 부의 판매를 기록한 소설가 로이의 '유명성'은 세계화의 문맥에서뿐만 아니라 인도 식민주의 역사에서도 역설적 함의를 띤다. 그는 영어로 글을 쓰며, 그 유명성은 많은 부분 서구 미디어와 독서시장에 빚지고 있다. 하지만 작가는 작품과 에세이를 통해 영국과 미국에 의해 주도되는 '기업적 세계화(corporate globalization)'와 이를 뒷받침하는 미디어는 물론 전문가 지식에 대해 강하게 비판한다. 영어는 오늘날 '세계화'와 '트랜스내셔널 리터러시(Transnational Literacy)'를 위한 중요한 매개 언어 가운데 하나다. 특히 인도의 영어 교육은 식민화의 역사와 함께 200년 이상의 전통을 지니고 있고, 많은 영어 작가 혹은 영어와 현지어로 동시에 작업하는 이중언어 작가들을 탄생시켰다.

여기서 이중언어 작가란 두 개 이상의 언어로 작품 활동을 하는 작가를 말한다. 좀 더 넓은 의미에서는 반드시 두 개 이상의 언어로 작품을 출간하지 않았다고 하더라도 두 개 이상의 체화된 언어 속에서 활동하는 작가를 포괄하는 의미로 사용한다. 영어와 모국어 '사이'에서 이러한 작가들이 드러내는 혼종적 의식은 역사적으로는 식민화의 과정, 현재적으로는 세계화의 과정과 긴밀히 연관되어 있다. 또 이들의 작품은 영어와 현지어 사이의 긴장을 밀도 있게 드러낸다. 이를 통해서 지배 언어에 의해 주도되는 세계에 대한 앎, 즉 트랜스내셔널 리터러시에 균열을 만들고 재고하게 하는 것이다. 국가 범주를 넘는 초국적 범주에서의 앎이라는 의미의 '트랜스내셔널 리터러시'는 헤게모니적 지식을 투영하지만, 끊임없이 재고되는 것이다. 스피박은 이 용어를 전 지구적 지식의 헤게모니적 측면에서 북반구와 남반구의 불균형에 대한 재고를 요청하면서 사용하고 있으며, 기업적 세계화에 편승하는 전문가 지식과 구분하는 의미에서도 사용하고 있다. 그리고 오늘날 인종, 이민, 초국적 경제질서 등의 복합적 관계를 편향되지 않게 포착할 수 있는 역능의 의미에서도 사용한다(Spivak, 1999, pp. 376~378). 특히 "개발도상국에서 고도의 지식은 덜 강조되어야 한다. 왜냐하면 그것은 비생산적이기 때문이다"[3]라는 1980년대 세계은행(World Bank)의 일방적인 보고서는, 세계화를 주도하는 국제기구의 전문가 지식에 대응할 수 있는 트랜스내셔널 리터러시의 필요성을 더욱 강력하게 환기시킨다.

이 글에서는 이러한 세계화와 이를 주도하는 기존의 인식에 대한 저항을 그 매개 언어인 영어를 사용하는 인도 작가 아룬다티 로이의 작품과 에세이를 통해서 살펴보고자 한다. 특히 이중언어 작가로서 로이가 드러내는 언어적, 인식적, 이데올로기적 긴장과 역설에 주목하여, 오늘날 지배적 지식을 통한 초국적 통합의 과정에 대한 비판이자

---

3 G. C. Spivak, *A Critique of Postcolonial Reason: Toward a History of the Vanishing Present*, Cambridge: Harvard University Press, 1999, p. 379에서 재인용. 스피박은 댐 건설 문제로 논란을 빚은 세계은행을 1993년 인도 나르마다 계곡(Narmada Valley)에서 축출한 사례를 거론하고 있다(Spivak, 1999, p. 377). 이 글에서 다루게 될 아룬다티 로이는 그의 정치 에세이들에서 인도의 댐 건설과 관련된 국제기구와 전문가 집단의 잘못된 인식 문제를 중점적으로 비판하고 있다. 이에 대해서는 이 글의 7절 참조.

동시에 다른 의미의 세계화와 트랜스내셔널 리터러시를 생각하게 하는 계기로 검토할 것이다.

2. 권위의 기표와 문맹의 독서

오늘날 세계화의 주도적인 매개 언어인 영어는 19세기 초반부터 진행되어온 인도의 식민지 교육의 주요한 도구이기도 했다.

> 〔인도에서〕1817년까지 교회 선교회는 61개 학교를 운영했으며, 1818년에는 영어로 가르치기 위한 중심적 교육 계획인 버드원(Burdwan) 계획을 위촉했다. 이 계획의 목표는 토머스 매콜리의 악명 높은 1835년 〈교육각서(Minute on Education)〉를 거의 단어에까지 예비하고 있다. 즉 "국민 대중을 위해 유용한 일에 교사, 번역가, 편집자로서 활동하기 위해, 영어에 숙달된 능력을 지닌 잘 훈련된 근로자들의 신체를 만드는 것"이다.[4]

소위 영어 교육은 식민지 인도에서 "혈통과 피부는 인도인이지만 취미, 생각, 도덕, 지성은 영국적인 사람들"(Macaulay, 〈교육각서〉)[5]을 목표로 진행된다. 이 기획은 일종의 혼종성을 지향하면서, 제국과 식민지를 매개하는 일군의 "토착민 출신의 기능적 지식인 계층"(Spivak,

---

4　Homi Bhabha, *The Location of culture*, New York: Routledge, 2006, p. 106(호미 바바 지음, 나병철 옮김,《문화의 위치: 탈식민주의 문화이론》, 소명출판, 2002, 181쪽).

5　*Ibid.*, p. 87(《문화의 위치》, 215쪽).

1999, p. 359)을 양산한다. 문학은 기능적 지식과는 차별되지만 이중언어 작가로서 영어 소설가 역시 이러한 계층의 한 부분을 이루었다고 할 수 있을 것이다. 200년 이상 영어로 이루어진 식민지 교육 과정에서 영어로 글을 쓰는 인도 작가는 1860년대 이후 지속적으로 등장해 왔다.

오늘날 '권위의 기표'로서 영어의 독특한 지위는 로이라는 작가를 존재하게 한다. 만일 그가 영어로 쓰지 않았다면 같은 작품이라도 지금과 같은 작가의 위치에 있기 어려웠을 것이며, 서구 미디어들의 관심을 모으기도 쉽지 않았을 것이다. 이는 영어가 지구적 차원의 지배 언어라는 사실을 실증해주는 사례이기도 하다. 그러나 초국가적 지식 능력을 위한 매개어로서 영어가 추동하거나 수반하는 세계질서는 이라크 전쟁, 환경 문제 등에 저항적으로 참여하는 로이에게는 해체되어야 할 것이기도 하다. 말하자면 자신이 사용하는 언어의 질서에 대한 저항, 즉 어떤 의미에서는 자기 자신에 대한 저항이 이중언어로서 영어를 사용하는 이 작가의 불편하지만, 글쓰기의 원천적 에너지로 작동하고 있는 것이다.

영어가 인도라는 혼종적 실체 속에서 어떤 저항과 충돌과 재생산을 거치는가 하는 문제는 이중언어 글쓰기의 이러한 모순적 생산성과 무관하지 않다. 호미 바바가 제시했듯이, 힌디어 번역 성서를 두고 인도 식민주의 초기 선교사와 원주민 사이의 대화(Bhabha, p. 103)는 인도에서 영어의 혼종화, 더 나아가 지배 문화의 토착화 과정에서 나타나는 한 전형적 양상을 제시하고 있다.

선교사는 성서가 유럽인들의 '책'이라고 주장하지만, 원주민은 하느님의 말씀을 '고기를 먹는' 유럽인이 매개할 수 있다고 생각하지 않는다. 이는 일종의 권위 장치에 대한 부정이다. "하느님의 말씀이 어떻게 고기를 먹는 영국인의 입에서 나올 수 있는가(How can the word of God come from the flesh-eating mouths of the English?)"(Bhabha, p. 116)라는 원주민의 질문에서, '하느님의 말씀=영국인의 입'이라는 등식은 '고기를 먹는'에서 부정된다. 권위의 기표에 균열을 내는 바로 이 '고기를 먹는'은 힌두 사상에서 비롯된 것이면서, 동시에 기독교적 교리와 원주민 의식이 혼종화되는 과정에서 나타나는 일종의 저항적 균열이다. 동시에 '권위=지식' 사이의 등식에도 흠집을 낸다. 성서를 수용하지만 토착적인 질서 속에서 그 매개적 권위를 재고하는 이러한 과정을 통해서 토착 문화의 틈입과 개입 그리고 재생산이 일어나는 것이다.

19세기 인도 시골에서, 바바의 표현에 따르면 "인쇄된 언어 기술의 침투적 권력(the penetrative power of the technology of the printed word)"(Bhabha, pp. 116~117)이 마주치는 현지화의 양상은 인도 영어 소설을 이해하는 데에도 시사하는 바가 적지 않다. 말하자면 인도의 영어 소설은 일부 경제적 착취를 가리는 이데올로기적 역기능을 수행해온 것으로 비판받고는 있지만, 동시에 일종의 혼종적 소설로서 그것이 견지할 수 있는 저항적이며 창조적인 함의를 간과할 수 없다.

권위를 모방하면서 권위에 균열을 내는 바로 이러한 모순 속에 로이의 이중언어 글쓰기가 갖는 함의를 찾을 수 있다. 로이의 영어 소설과 영어 에세이들은 지배적 언어를 사용하지만, 동시에 지배에 저항하는 언어가 되기도 한다. '영어=세계화'라는 등식에 균열을 만드는 것은 '3억 인구가 문맹'이라는 로이의 현실 인식에서 나오는 안티테제다. 이는 지배 지식의 권위를 약화하면서 '다른' 혹은 '새로운' 지식의 생성을 촉구한다. 이러한 정황은 1817년 한 선교사가 '약간 심각한 분노를 담아서' 썼다는 보고와 일견 유사해 보인다.

아직도 모든 사람들은 즐겁게 성경을 받을 것이다. 하지만 그것은 왜일까?—그들은 호기심으로 성경을 쌓아둘 수 있다. 또 몇 파이스를 위해 성경을 팔 수도 있다. 아니면 그 책을 휴지로 사용할 수도 있다. (Bhabha, p. 122)

신에 관한 권위적 지식은 그것을 호기심 거리로 혹은 휴지로 읽는 문맹의 독서[6]에 의해 균열된다. 이중언어 작가로서 로이는 그러한 문맹의 의식을 체화하는 글쓰기를 통해서 세계화를 추동하는 독점적이고 조작적인 지식 및 그와 연계된 지배적 사회질서에 도전하고 있는 것이다.

3. 식민주의와 자기동일화의 나르시시즘

우선 로이의 작품 《작은 것들의 신》은 두 가지 서사적 시점을 중심으로 진행된다. 소설의 주요한 서사는 1960년대를 중심으로 전개되며, 이를 회고적으로 되돌아보는 화자의 시점은 그로부터 30년이 지

---

6 포괄적 의미의 '독서(reading)'는 문자로 된 텍스트를 읽는 행위를 넘어서서, 사물을 읽는 인식-의미론적 활동을 포괄한다(Paul de Man, *Allegories of Reading*, London: Yale University Press, 1979 참조). 스피박은 토착 원주민 독서(인식) 능력에 관해 'literary competence'라는 표현을 사용한 바 있는데(G. C. Spivak, *Death of A Discipline*, New York: Columbia University Press, 2000, p. 68), 이 표현은 좁은 의미의 '문학적 능력'이 아니라 넓은 의미의 '독서 능력'을 의미한다. "하위주체 토착민 집단들은 '자연'을 놀라울 정도로 정확하게 읽는다(Subaltern aboriginal groups read 'nature' with uncanny precision)"(Spivak, 2000, p. 68)라고 할 때와 같은 의미의 피지배 집단의 '독서 능력'은 오늘날 트랜스내셔널 리터러시를 재고하는 지점에서도 중요한 참조가 될 것이다.

난 1990년대다. 1960년대는 '인도 독립 이후' 탈식민화 과정의 어정쩡한 정치사회적 변화가 이루어지는 시기이며, 1990년대는 전망 없이 가속화되는 세계화의 시기다. 탈식민화를 통한 과거 제국의 해체와 세계화를 통한 새로운 제국적 질서의 재편 사이에 해방과 속박을 반복하는 일정한 혼돈이 내재한다.

이러한 과정은 작품 속에서 무엇보다 문화적, 사회적 질서의 변화와 이행의 경계지를 육화하는 인물들과 이중언어적 상황을 통하여 반추된다. 작품은 영어로 쓰였지만 작가의 의도에 따라 번역이 안 된 인도의 지방언어 가운데 하나인 말라얄람 언어가 종종 병기된다. 이는 물론 영어 독자의 독서를 방해하는 수준은 아니지만, 이중언어적 의식을 가지고 작품을 썼음을 반증한다. 다언어, 다인종, 다민족 국가인 인도에는 수많은 언어가 있으며, 주마다 공식 언어가 있다. 대부분의 주에서는 힌디어를 공용어로, 영어를 보조적인 공용어로 채택하고 있다. 로이의 출신 지역이자 소설의 무대인 케랄라 주에서는 말라얄람어와 영어가 공용어다. 오랜 식민 지배의 역사를 배경으로 하는 인도의 영어와 영어 소설은 인도 문학에서 힌디어, 타밀어, 말라얄람어 등으로 쓰이는 인도 문학에서 긴장관계를 형성한다.

인도-영국적 글쓰기를 지역적 글쓰기와 대별하는 비평가들은, 영어 소설 작가들은 "영어만을 아는 사람들을 위해 쓰는 코스모폴리탄 엘리트주의"[7]라고 비판한다. 작가 로이는 말라얄람어, 힌디어 그리고 영어를 하지만, 글을 쓸 때 사용하는 주된 언어는 영어다. 그의 영어는 현지문화의 생소함을 번역이 필요하지 않은 수준에서 전달하는 것

---

7   Julie Mullaney, *Arundathi Roy's The God of Small Things*, London: Continuum, 2002, p. 22.

으로 알려져 있다.[8] 따라서 작품에서 생소하게 나타나는 토착어의 개입은 지극히 의도적으로 이루어진다. 또한 외국으로 이주해서 영어로 쓰는 인도 출신 디아스포라 작가들과 달리, 로이는 인도 현지에서 영어로 쓰는 경우에 해당한다. 영어는 오랜 동안 인도에서 교육되었고, 인도 영어 작가를 다수 배출했다. 아룬다티 로이도 인도의 영어 작가 계보를 잇고 있다. 특히 그의 소설 《작은 것들의 신》은 1983년 역시 부커상을 수상한 루시디의 《자정의 아이들》과 주제나 영어권 독서 시장에서의 성공 등 여러모로 유사한 측면이 많으며, 자주 비교된다.

이야기는 인도 남부 케랄라 주에 사는 시리아 기독교도 집안인 이페가(Ippe Family)를 중심으로 전개된다. 이 집안의 사람들은 대체로 지역의 엘리트에 속한다. 이페가의 딸인 아무의 쌍둥이 남매 라헬과 에스타를 주인공으로 하는 이 작품에는 할아버지 파파치, 할머니 마마치, 고모 코차마, 삼촌 차코, 영국인 숙모 마거릿, 사촌 소피 몰, 천민 벨루타와 경찰대 등이 주요 인물로 등장한다. 이들 가운데 특히 언어적, 종교적, 사회적 경계를 구현하는 인물은 아무와 그의 두 쌍둥이 그리고 불가촉천민 벨루타다. 변화하는 시대 속에 사회문화적 경계가 흐려짐에 따라 그 경계를 넘지 않는 사람은 없겠지만, 이들은 소위 '최악의' 경계 혹은 규칙 '위반자(transgressors)'(Roy, 1997, p. 31)[9]로 거론된다. 우선 서사의 서술 시점이 주로 '아이들'에게 맞추어져 있어서 1960년대까지 잔존하는 식민지 지배 질서에 대한 유희적 전도와 어른들의 위선과 편견이 여과 없이 드러난다.

---

8 *Ibid*.
9 아룬다티 로이의 《작은 것들의 신》 인용은 영어판 *Arundhati Roy, The God of Small Things*, New York: Random House, 1997에 준하며, 한국어판은 아룬다티 로이, 황보석 옮김, 《작은 것들의 신》, 문이당, 1997을 참조한다.

책을 거꾸로 읽는 쌍둥이 라헬과 에스타에게 영국적 엘리트 의식을 대변하는 파파치의 여동생인 코차마 고모는 아이들이 말라얄람어로 이야기할 때마다 벌금을 물리고, "나는 언제나 영어로 말하겠습니다(I will always speak in English)"라는 구절을 100번씩 쓰게 한다(Roy, 1997, p. 36). 아이들이 말라얄람어와 함께 영어를 배우고 있음에도 고모 코차마는 영어를 사용하도록 강박한다. 또 영어 책을 거꾸로 읽는 쌍둥이 아이들에게도 "앞으로는 거꾸로 읽지 않겠습니다(In future we will not read backwards)"(Roy, 1997, p. 58)라고 100번씩 쓰게 한다.

코차마는 영국 식민주의에 자기를 동화하고, 그것을 관철시키고자 하는 전형적인 인물이다. 또 이후 아무와의 관계를 통해 카스트의 계급 경계를 넘는 벨루타를 죽음에 이르게 하는 장본인이다. 그녀의 친구인 호주 선교사 미스 미튼은 거꾸로 읽는 아이들에게 불평하며, 거기서 사탄을 보았다고도 한다. 작가 로이는 "그들 눈에서 사탄을(Satan in their eyes)"이라는 미스 미튼의 말을 "nataS ni rieht seye"(Roy, 1997, p. 58)와 같이 거꾸로 써서 본문에서 반복하는데, 이 말을 하는 미스 미튼은 어느 날 우유를 실은 트럭에 치여 사망한다. 쌍둥이 아이들에게는 그 트럭이 "후진을 하고 있었던 사실에 숨겨진 정의가 있는 것처럼 보였다"(Roy, 1997, p. 58)고 작중 화자는 말한다.

또 경찰서 현판에 걸린 복종, 충성 등등의 영어를 거꾸로 읽는 행위 등에서도 이러한 질서에 대한 아이들의 유희적 '전도'의 현상이 나타난다. 여기서 영어의 어순은 말 그대로 영어의 문법적 순서라기보다는 식민 지배의 나르시시즘적 동일화의 욕구를 대변한다. 바로 영어 어순을 통해서 상징되는 식민주의의 동일화 욕구는 타자적인 것, 생소한 것 등을 인식적·도덕적·실천적 차원에서 왜곡하는데, 미스 미튼이 거기서 사탄을 보는 것은 자기와 같지 않은 것을 악마화하는 전형적인 예라고 하겠다. 이는 작품 속에서 극히 왜곡된 방식으로, 말하자면 미스 미튼이 후진하는 차에 치여 죽는 악마의 장난과 흡사한 '사고'를 통해서 희화화된 저항을 맞는다.

힌두교도와 결혼한 어머니 아무와 쌍둥이 아이들을 제외하면 이페가는 대체로 영국적인 경향에 매우 동조적이다. 제국의 곤충학자였던 외할아버지 파파치는 전형적인 '앵글로필(Anglophile)'로 그려진다. 영국에서 유학했던 차코 외삼촌은 앵글로필의 후예로 '소리 내서 책을 읽는 듯한 말투(Reading Aloud Voice)', 그의 방은 '교회 같은 분위기(Church-Feeling)'(Roy, 1997, p. 53)로 대변된다. 동시에 할머니 마마치를 습관적으로 때리는 할아버지 파파치와, 공장주라는 지위를 이용해 여종업원들을 유혹하는 차코는 여전히 인도의 가부장적, 관습적 질서의 비호를 누리는 존재이기도 하다. 이는 고모 코차마가 영국적 질서를 옹호하면서 동시에 인도의 카스트적 질서에 적극적으로 동조하는 것과 마찬가지다.

토착 엘리트 계층의 이러한 이중성은 다소 서글픈 예화를 통해 그려진다. 하지만 이들도 역사의 흐름을 거스르지 못한다. 제국의 곤충학자였던 할아버지 파파치가 자신이 발견한 나방에 이름을 붙이지 못하는 일화는 사라져가는 과거 지식체계와 아직 자리 잡지 못한 새로운 지식체계 사이의 변화와 혼돈을 시사한다. 이처럼 과거와 현재가 중첩하는 미명의 시대에 작품은 앵글로필로 나타나는 동일화의 욕구가 부딪히는 '차이'와 '저항'을 극화하고 있다. 이러한 역사적 변화 속에 앵글로필들이 처한 모순은 그 전형 가운데 하나인 차코의 불편한 진술을 통해 드러난다.

그들 모두는 영국 숭배자 집안이며 방향을 잘못 들어 그들 자신의 역사에서 벗어났고, 발자국들이 모두 쓸려가 없어졌기 때문에 갔던 길을 되짚어 돌아올 수가 없다는 것이었다. (Roy, 1997, p. 51)

차코는 영국 여인 마거릿과 결혼하여 딸 소피 몰을 둔다. 마거릿이 차코와 결혼한 이유는 사랑 때문이 아니라, 그가 자신에게 일종의 나르시시즘을 환기시켜주기 때문이다(Roy, 1997, p. 232). 이는 결국 이들의 결혼이 얼마 못 가 가볍게 파경을 맞는 이유가 된다. 한편 차코의 누이인 아무는 힌두교도 남자와 결혼한다. 이들 사이에 태어난 아이들이 쌍둥이 남매다. 이 결혼도 곧 파행에 이른다. 해고 위기에 처한 주정뱅이 남편이 매력적인 아내 아무를 원하는 영국인 지주 홀리크의 요구에 "아이들의 교육 문제를 생각하면 가족 모두에게 득이 되리라는 이유로"(Roy, 1997, p. 41) 비굴하게 대응하기 때문이다. 이는 제국의 지성적 질서에 아부하는 인도의 다수파 힌두교도의 모순적 정체성의 한 단면을 시사하는 듯하다. 지주 홀리크는 찻잎을 따는 인도 여자들 사이에서 이미 여러 명의 혼혈 아이를 두고 있다. 아무는 비겁한 남편과 홀리크를 피해 고향으로 도주한다.

이페가의 불운은 이와 같이 문화적, 종교적, 인종적 접경지대에서 나타난다. 거기서 식민주의의 나르시시즘적 자기동일화 욕구는 언어적, 교육적, 성적 관계의 일화를 통해서 다양하게 변주된다. 여기서 나타나는 도덕적 일탈과 위선이 트랜스내셔널한 인종적, 사회적 관계의 혼종적 접경지대에서 끊임없이 비극과 아이러니를 만들어낸다. 이 접경지대는 '문턱'과 '경계'를 의미하는 라틴어 '리멘(limen)'에서 차용한 말로 표현하자면, 일정한 '경계지(liminal zone)'[10]를 형성한다. 동일화의

---

10 이 개념에 대해서는 반 게넵(Van Gennep), 호미 바바(Homi Bhabha) 등이 자

욕구와 그것이 충족되지 않는 사회역사적 조건 사이의 '차이'가 충돌하는 경계지의 일화는 때로는 비극으로, 때로는 아이러니로, 또 때로는 풍자로 나타난다. 이러한 예화들 사이에서 영국인 아내와 차코 삼촌 사이에 태어난 딸 소피 몰이 강에 빠져 죽는 비극적 클라이맥스가 자리하고 있다. 소피 몰은 힌두교도와 아무 사이에서 태어난 쌍둥이와는 달리 집안에서 '천사'로 대접받는다. 이 아이는 그러나 쌍둥이와 함께 보트를 타고 강에 나갔다가 죽음을 맞는다.

소피 몰이 나르시스인 것은 아니다. 이 아이에게 식민 지배 질서의 나르시시즘을 투사하는 것은 어른들이다. 소피몰은 다만 외로움을 타는 아이일 뿐이지만, 어른들의 행위를 통해서 나르시시즘적 동일화의 전형이 된다. 그리고 이 전형은 아무것도 비추지 않는 케랄라 아예메넴 지방의 어두운 강 속에 삼켜지고 만다. 아무와 쌍둥이가 식민주의의 동일화 접경에 있다면, 차코와 소피 몰은 인도 현지의 비동일화 접경에 있다. 여기서 강은 공간적 경계지(liminar zone)의 상징으로 등장한다. 소피 몰이 죽음을 맞는 이 강에서의 비극은 이후 앵글로필 가계의 몰락과 인도의 탈식민적인 사회적 변화를 가장 강력하게 시사하는 것이다.[11]

물론 영어권 문화와 교육이 부정적으로만 그려지는 것은 아니다. 아무는 쌍둥이 남매에게 잠자리에서 키플링의 소설 《정글북》을 읽어주

세하게 전개하고 있다(Anna Froula, "In-Between and Elsewhere-Liminality in Arundhati Roy's The God of Small Things," *Globalizing Dissent-Essays on Arundhati Roy*, Edited by Ghosh & Antonia Navarro-Tejero, New York: Routledge, 2009, p. 39).

11 아래에서 다루게 될 다국적 기업과 세계화를 추동하는 국제기구의 지원하에 이루어지는 댐 건설에 반대하는 로이의 강과 자연에 대한 애착은 특별하다. 그것은 식민화하는 지식과 권력을 뒤집는 지렛대와 같다.

기도 하고, 이페가 가족들은 〈사운드 오브 뮤직〉을 보러 나가기도 한다. 로이의 소설도 인도 영어 소설과 더불어 영미 문학의 영향을 받은 것으로 알려져 있다.[12] 소설 안과 밖에서 이러한 문화적 혼종과 중첩의 장면들은 정치적 독립 이후 1960년대에서 1990년대 사이 탈식민화의 과정에서 나타나는 영국과 인도 사이의 어정쩡한 사회문화적 관계의 단면들을 비춘다. 바로 이 모호한, 어둡지도 밝지도 않은 시대의 공간 속에 이페가의 비극들이 자리하고 있는 것이다.

4. 벨루타와 경계지대의 폭력

소피 몰의 죽음과 거의 동시적 사건으로 달리트(Dalits)라고도 불리는 불가촉천민 벨루타의 죽음이 또 다른 극단의 비극을 형성한다. 벨루타는 불가촉천민인 벨랴 파펜의 아들이다. 그의 계급적 이름인 불가촉천민(untouchables)이 말해주듯 그는 접촉이 금지된 계층에 속한다. 이 계급은 인도 카스트의 네 계층 가운데 최하층인 수드라 계급보다도 아래로 카스트 바깥에 존재하는데, 이들은 상위 계층 사람과 몸을 접촉해서도 안 되고, 우산을 써서도 안 되며, 상체를 가려서도 안 된다.

거의 비존재(nicht-sein)에 가까운 계급적 위치를 가진 벨루타는 자기 동일성을 확인해서는 안 되는 빈 공백과 같은 (반)나르시시즘적 차이의 원리이기도 하다. 아무의 꿈속에 등장하는 "그는 모래에 발자국도,

---

12 Alex Tickell, *Arundhati Roy's The God of Small Things*, New York: Routledge, 2007, p. 50.

강물에 물결도, 거울에 반사상도 남기지 않았다."(Roy, 1997, p. 206) 바로 이러한 점에서 벨루타는 소피 몰과 정반대의 원리를 상징적으로 대변한다고 하겠다. 그의 죽음의 직접적 원인은 카스트 체계가 만든 경계를 넘어 시리아 기독교도 집안의 상위 카스트 계층에 속하는 아무와 사랑했기 때문이다.

일견 통속적으로도 보이는 이 두 사람의 관계를 설명하면서 서술자는 이렇게 쓰고 있다. "그때까지는 도저히 넘을 수 없는 경계로 여겨졌던 것들이 역사의 깜박임으로 흐릿해진 것이었다."(Roy, 1997, p. 168) 벨루타와 아무의 관계는 사실상 카스트 체계에 대한 도전이다. 그리고 마치 파파치가 자신이 발견한 나방에 자신의 이름을 붙이지 못하듯이 역사적 지식의 체계는 1950~1960년대를 기점으로 크게 변화하고 있었던 것이다. '역사의 깜박임'으로 표현되는 이러한 격동기의 변화에도 불구하고 여전히 이들의 계층 간 경계의 일탈은 등장인물들에게 충격적인 사건으로 받아들여진다.

작품에서 기독교도들 그리고 마르크스주의자들의 종교적, 이념적 입장은 불가촉천민과의 관계에서 모두 위선으로 드러난다. 어떤 흔적도 남겨서는 안 되는 존재를 통해서 오히려 모든 사람들의 흔적이 드러나는 것이다. 아무와 벨루타의 사랑, 즉 일종의 계층적 혼종화는 내적 요인보다는 외적인 사회적, 계급적 질서의 완고함으로 인해 파국으로 치닫는다. 그럼에도 불구하고 이들의 관계는 강력한 사회적 변화를 요청하는 메시지를 담고 있다. 이는 '이루지 못하는 사랑'의 통속서사 형태를 띠지만, 어떤 면에서는 경계지대가 노정하는 가장 극적인 위험을 드러내고 있다. "실제로 그녀가 그 안에서 아주 위험한 처지일 수 있음에도 불구하고 그 팔에 안겨 있는 것이 얼마나 안전하게 느껴지는지."(Roy, 1997, p. 319) 이들의 관계는 개인들 사이의 문제를 넘어 사회의 문제로 이어지는데, 특히 낙살라이트 운동과 관련되는 벨루타의 이력은 명시적으로 이를 시사한다.

낙살라이트 운동은 1967년 인도 북서부 뱅갈 지방의 낙살바리라는 지역에서 일어난 무장봉기다. 이 운동을 주도한 혁명군을 낙살라이트(Naxalites)라고 하며, 이들은 대부분 농민, 불가촉천민, 지방 부족민들이며, 마오쩌둥의 공산주의 이념을 지지하고, 중국 공산당의 협조를 받은 것으로 알려져 있다. 봉기 과정에서 이들은 힌두교 지주들을 몰아내고 일시적으로 지역을 점령했으나, 결국 진압군에 의해 무참하게 살해된다. 실패로 끝난 이 운동은 그러나 재빠르게 다른 주로 확산되어갔다(Tickell, p. 32).

벨루타와 아무의 관계가 알려지자 아무의 고모 코차마는 그녀를 감금하고 벨루타를 '강간' 혐의로 왜곡해서 경찰서에 고발한다. 이유는 작품에서 시사되는 1960년대 낙살라이트 운동의 시위에서 그녀가 하층민들로부터 모욕을 받았기 때문인 것으로 설정되었다. 벨루타는 그 운동에 관여한 것으로 시사되지만, 벨루타와 좌파적 공산주의의 연계성은 작품에서 모호하게 처리된다.

우선 마르크스주의자로 시위를 주도하는 필라이가 벨루타와 같은 불가촉천민에 대해 위선적 태도로 일관하기 때문이다. 여기서 계급에는 민감하지만 인도의 전통적 카스트 제도에는 철저한 비판을 수행하지 못하는 인도공산당(CPI)의 한계가 여지없이 드러난다.[13] 특히 인도

---

13 인도공산당의 그러한 측면은 실제로 공산당 내부에서도 비판받는다. 로이 역시 그러한 비판을 전유하고 있고, 마르크스주의 비평가들은 로이의 작품을 부르주아 지식인의 소설이라며 역공하기도 한다. 그러나 재니(Jani)에 따르면 로이의 사회 비판은 많은 부분에서 마르크스주의적 원칙들과 공조하고 있으며, 스탈린주의 이후 세계화 시대에 마르크스주의의 새로운 행로에 시사하는 바가 많다(Pranav Jani,

공산당은 낙살라이트 운동을 "모험적 노선을 옹호하는 반당적 집단" (Tickell, p. 32)으로 비난하면서 그들과 선을 긋기도 했다. 이 운동은 다른 공산주의 집단을 형성하여 현재까지 정치 활동을 벌이는 것으로 알려져 있으며, 1960년대 사건은 그 운동의 맹아라고 할 수 있다.

이후 그 운동은 카스트와 식민주의로 얼룩진 인도에 변화의 희망적 비전들을 제시하여 학생 및 농촌과 도시 정치 집단들로부터 큰 지지를 받았던 것으로 알려져 있다. 특히 이 운동은 서구의 발전주의에 저항하는 환경 운동의 성격을 띠었다. 이는 인디라 간디의 '녹색혁명(green revolution)'이 농촌의 근대화를 시도하는 과정에서 오히려 하위 카스트 계층을 소외시키고 대농장화를 추구했으며, 품종 개량 등을 통해서 생물 다양성을 파괴하는 등의 환경 문제를 야기했기 때문이다(Tickell, p. 34). 이는 《작은 것들의 신》 이후에 발표한 소위 세계화와 서구 발전주의 논리에 저항하는 로이의 정치 에세이들과 상통하는 주제다.

작품 속에서 벨루타는 무엇보다 비존재인 존재로서 기독교도와 마르크스주의자 등 다양한 인물군상들의 위선을 드러내고, '구조, 질서, 완전한 독점(structure, order, complete monopoly)'(Roy, 1997, p. 293)을 지향하는 지배 질서의 나르시시즘적 자기동일화의 왜곡된 원리들과 충돌하는 경계지대다. 독실한 기독교도이고 철저한 영국 숭배자인 코차마는 "잘못 돌아간 세상에 질서를 주입시키"(Roy, 1997, p. 246)는 역사의 하수인 매슈 경위에게 사실을 왜곡해서 벨루타를 죽음으로 몰고 간다. 특징적인 것은 벨루타에 대한 가촉민 경찰대의 폭력은 결국 타자에 대한 '두려움'에서 비롯되는 것으로 시사된다는 점이다. 식민주

"Beyond 'Anticommunism'-The Progressive Politics of The God of Small Things," *Globalizing Dissent-Essays on Arundhati Roy*, Edited by Ghosh & Antonia Navarro-Tejero, New York: Routledge, 2009, pp. 60~66).

의 나르시스들의 불안과 공포가 곧 타자, 특히 힘이 약한 타자에 대한 폭력을 통해 분출되는 것이다.[14]

문화들의 접경지대에서 폭력은 먼저 식민주의 지식과 의식이 나르시시즘적 동일화를 요구하면서 비동일적인 것을 강제로 동화하는 과정에서 나타난다. 그리고 이러한 동일화의 과정에서 결코 동일화되지 않는 것을 배제하는 과정도 폭력적이다. 이 두 가지 과정은 거의 선후를 분간할 수 없을 정도로 중첩되어 있다. 소위 경계지를 구현하는 인물인 아무, 에스타, 라헬, 벨루타 등이 겪는 폭력은 이러한 포함과 배제의 변증법이 작동하는 전형적인 예다.

특히 벨루타에게 가해지는 폭력은 프로울라가 지라르에 기대서 설명하듯 "희생시킬 수 있는 희생양(sacrificeable victim)"(Froula, p. 44)에게 가해지는 것으로, 경계 내부의 존재들에게 가해지는 폭력과는 다른 극단적 양상을 띤다. 그럼에도 불구하고 아무를 위시한 쌍둥이들이 폭력을 면죄받는 것은 아니다. 에스타는 실어증에 걸리고, 라헬도 사춘기 시절을 폭력적인 장난으로 퇴학을 거듭하며 보내고 굴곡 많은 삶을 이어간다. 에스타의 실어증, 라헬의 모방 폭력, 아무의 죽음 등은 바로 사회적 경계 영역의 충돌에서 빚어진 어떤 트라우마의 결과라고 할 수 있다. 인도 사회는 카스트, 성, 지식, 이데올로기 등 다양한 방향의 경계지를 지닌 혼종적 사회다. 그 경계에 있는 인물들에 대한 "희생의 제식을 통해서 경계들은 더욱 강화된다."(Froula, p. 44)

벨루타를 죽인 경찰서에서 위증을 강요받으며 쌍둥이 남매는 현판을 거꾸로 읽는다. "중정(ssenetiloP), 종복(ecneidebO), 성충(ytlayoL), 성

---

14 1960년대 정치적으로 전체 인구의 15퍼센트가 넘는 달리트 계층의 직업, 사회적 인식과 처우의 개선이 시도되었으나, 작품에서 나타나듯이 근본적인 한계를 벗어나지 못하는 것으로 알려져 있다.

지(ecnegilletnI), 의예(ysetruoC), 율능(ycneiciffE)."(Roy, 1997, p. 297) 이
러한 거꾸로 읽기는 어른 세대가 강박하는 동일화에 대한 저항과 전도
다. 이는 '새로운 것'에 대한 요청이며, 이 쌍둥이가 어른이 되는 시점,
즉 1990년대 이후 세계화 시대의 다문화적 흐름 속에서 더욱 근본적
인(혹은 뒤집힌) 의미의 '트랜스내셔널 리터러시'를 숙고하도록 한다.

5. 혼종성과 이중적 기입의 틈새

트랜스내셔널 리터러시는 현재 세계의 전 지구적 북남 관계, 국제적
노동분업 등을 포함한 초국적 관계 질서에 대한 앎이다. 이러한 질서
에 대한 인식은 자유주의적 다문화주의에서도 권장되지만, 이는 초국
가적 자본주의와 긴밀하게 결합하고 있고, 그 이면에 세계화의 불평등
을 덮어 가리는 이데올로기적 문제를 노정하기도 한다. 이는 무엇보
다도 벨루타와 같은 불가촉천민의 입장에서 세계화가 일종의 불평등
한 과정이라는 사실을 간과한다. 또 타문화에 대한 이해를 냉전시기
지역학이 복무했듯이, 다국적 기업의 경제적 적응을 위한 차원에서 활
용한다. 이러한 지식은 로이가 주로 비판의 타깃으로 삼는 '기업적 세
계화'를 강화하며, 그 지식과 문화의 경계지대에서 비동일적인 것을
동일화하거나 배제하는 폭력을 동반하기도 한다.

따라서 로이에게 트랜스내셔널 리터러시는 동일화되지 않는 사람
들, 혹은 그가 문맹이라고 이야기했던 사람들의 입장을 통해서 초국가
적 질서를 반추하는 것이다. 말하자면 현재의 초국적 권위와 질서에
흠집과 균열을 내는 안티테제를 통해서 트랜스내셔널 리터러시는 재
고될 수 있다. 이는 영어로 글을 쓰며 영어로 된 질서에 틈을 내는 로

이의 이중언어 글쓰기가 개입하는 이중적 기입의 틈새이기도 하다. 이 글쓰기는 바바가 혼종성(hybridity)이라고 명명하는 것과 크게 다르지 않다. 요컨대 "그것(혼종성)은 식민지 권력의 모방적이고 나르시시즘적인 요구를 해체하고, 그 동일화 과정을 전복의 전략 속에 재연루시켜서 권력의 시선 위에 피차별자의 응시를 되돌린다"(Bhabha, p. 112)는 것이다.

여기서 식민지적 혼종성에 대한 바바의 시각이 다소 긍정적인 '저항' 가능성의 방향으로만 치우쳐 있는 것도 사실이다. 이러한 시각은 로이의 작품에서 제국의 동일화 전략을 재생산하는 '정신은 영국인이고 육체는 인도인'인 혼종적 인물들에 비추어보면 혼종성에 관해 일방향적 평가로 일관하는 경향을 보인다. 다만 로이의 경우 아무를 비롯한 경계지의 희생자들을 고려할 때, 권력의 환유적 전치를 수행하면서 권위의 중심을 약화하는 '저항'을 지향한다. 칼라 등의 지적처럼, 세계화를 비판적으로 겨냥한 로이의 현실주의적 에세이들도 그러한 전략적 방향에서 쓰이고 있다. "인도 델리에 자리 잡고 있는, 서구 미디어에 출판할 능력을 가진 영어 작가로서의 입지를 남아시아 나르마다 댐 건설 반대, 남아시아 비핵화 및 이라크 재식민화에 대한 반대에 활용하고 있"는[15] 것이다.

특히 영어라는 권위의 언어는 인도 영어 작가 로이의 작품을 통해서 탈구된다. 작품의 현존 형식은 영어지만, 이중언어 의식으로 쓰이고 있다. 여기서 이중언어의 사전적 의미는 영어와 현지어(말라얄람어)이지만, 그 문화적·정치적 의미는 곧 규범적 언어의 모방과 반복을 통해

---

15 Virinder S. Kalra, Raminder Kauer and John Hutnyk, eds. *Diaspora & Hybridity*, London, Thousand Oaks, New Delhi: SAGE Publications, 2005, p. 46.

이루어지는 전복적 저항, 즉 동일화와 차이화를 통한 지배 언어의 탈구 과정이다. "이중적으로 기입되는 식민지적 반사성은 자아가 자기자신을 이해하는 장소로서 거울을 만들지 않는다"(Bhabha, p. 114)[16]는 바바의 언급은 그러한 차이를 통해 지배 질서의 동일화 전략을 탈구하는 과정을 의미한다.

벨루타의 존재와 마찬가지로 지배 질서를 반복 재생산하는 동일성의 거울 밖에 위치하는 것이다. 물론 언어적 혼종성을 포함한 모든 혼종성이 지배 질서를 탈구하기만 하는 것은 아니다. 여기에 혼종성의 양가성이 존재한다. 그도 그럴 것이 그 차이적 저항의 다른 한편에서 지배 질서의 모방적 재생산도 수행하기 때문이다. 작가 로이는 이러한 지배 언어와 문화적, 사회적 질서의 모방적 반복과 재생산으로부터 자유로운가? 이 문제는 지배와 피지배, 세계와 지역, 식민화와 탈식민화의 간극에 존재하는 모든 이중언어 작가에게 제기되는 문제이며, 로이 자신도 엄격하게 천착하는 주제다. 즉 그는 "우리는 우리 자신과 싸워야 합니다"(Roy, 2001, p. 12)라고 말하고 있는 것이다.

6. 현실주의적 양가주망으로서 '작은 것'

자신에 대한 싸움을 포함하는 로이의 현실주의적 양가주망은 그의 작품과 정치 에세이들을 관통하고 있다. 그는 〈가디언(*The Guardian*)〉의 매들린 번팅(Madelaine Bunting)과의 인터뷰에서 '작가 겸 활동가

---

16 이는 바바가 '혼성성'을 '현존의 환유(a metonymy of presence)'(Bhabha, p. 115)로, '상징'에서 '기호'로의 전이로 이해하는 이유이기도 하다.

(Writer-Activist)'라는 자신에 대한 세간의 닉네임을 '침대 겸용 소파 (Bed-Sofa)'라고 희화화한다.[17] 또 문학을 현실적 활동으로부터 유리시키는 것은 잘못이라고 지적하고, 자신의 작품과 에세이는 모두 현실 '정치적'이라고 말한다(Roy, 2001, p. 11).

이러한 활동의 무대는 작품의 배경이 되는 1960년대 반식민지적 상황의 인도가 아니라 경제적 세계화의 새로운 흐름을 맞고 있는 1990년대 이후의 인도다. 두 시점은 비록 다르지만 모종의 식민주의적 연계성을 가진다. 전자가 독립 이후에도 여전히 남은 과거 식민주의의 사회문화적 잔재가 문제였다면, 후자는 침략하지도, 점령하지도 않으면서 통제하는 소위 디지털 제국이 문제다. 전자의 경우에는 뚜렷한 적이 있었지만 후자의 경우 그러한 '식민화하는 적과 싸우는 것 (fighting colonizing enemy)'은 심지어 '호사(luxury)'다(Roy, 2001, p. 12). 왜냐하면 그러한 식민주의적 지배의 부정적 유산들이 우리 자신과 일상 속에 깊이 침투해 있기 때문이다.

현실주의적 앙가주망이 자기 자신과의 싸움이 되어야 하는 이유는 여기에 있을 것이다. 또 작품 제목의 '작은 것들'의 상징적 의미는 이러한 일상적 소시민들의 의미론과 무관하지 않다. 무엇보다 이러한 것들이 강탈적인 신식민주의적 세계화의 희생양이 되기 때문이다. 소위 "큰 것, 큰 폭탄들, 큰 댐들, 큰 이데올로기들의 폐기(The dismantling of the Big, big bombs, big dams, big ideologies)"는 로이가 앞으로 올 것으로 기대하고 지향하는 '작은 것들의 세기(The century of the small)'[18]를 위한 목표가 된다.

---

17 Madeleine Bunting, "Dam Buster," *The Guardian*, 28, July 2001.
18 Arundhati Roy, *The Cost of Living*, New York: The Modern Library, 1999, p. 12.

그는 수많은 불가촉천민과 아드바시(원주민)들의 집과 농토를 빼앗는 나르마다 댐 건설에 항의하고, 50만 명의 이라크 어린이를 죽이는 결과를 초래한 미국과 영국의 이라크 경제 봉쇄를 학살로 규정한다. 그리고 이어진 침략을 비판한다. 여기서 희생당하는 사람들은 "단지 형의 구슬을 가지고 놀고 싶었던 어린아이(A child who only ever wanted to play with this older brother's marbles)"[19]를 포함한 무고한 시민들이다. 작품에서 나타나는 바와 같이 로이에게 '큰 것'과 '작은 것'의 대비는 극적인 양상을 띤다.

7. 마치며: 세계화와 트랜스내셔널 리터러시

이라크 경제 봉쇄에 이어진 점령 그리고 아프가니스탄에 대한 공격 등 일련의 미국의 전쟁은 로이에 따르면, 사실상 이라크가 9·11에 관계했다는, 그리고 대량살상 무기를 가지고 있다는 근거 없는 억측을 유포하는 트랜스내셔널 미디어들과 제국주의적 미국의 합작품이다.[20] 로이가 짚을 황금으로 만드는 독일의 럼펠스틸트스킨(Rumpelstiltskin) 동화를 차용해서 설명하듯, 세계화의 강탈적 과정의 상징으로 차용된

---

19 Arundhati Roy, "Mesopotamia. Babylon. The Tigris and Euphrates," *The Guardian*, 3, April 2003 .

20 영국인들이 인도에서 과부 희생의 제의를 폐지한 것이 "황인종 남자로부터 황인종 여성을 구원하는 백인(White men saving brown women from brown men)"(Spivak, 1999, p. 287)의 사례가 된 것처럼, 로이는 미국 해병대가 페미니즘을 위해 싸운다고 믿으라고 하는"(Roy, 2003, p. 51) 일부 미디어들의 선전선동에 냉소한다.

럼펠스틸트스킨[21]은 "은행계좌 심장을 가지고 있고, 텔레비전 눈과 신문 코를 가지고 있는데, 이를 통해서 당신은 단지 그가 당신에게 보게 하고 싶은 것만 보고, 그가 읽기 원하는 것만을 읽는다"(Roy, 2001, p. 36). 인권 호혜적 다문화 등의 이념 이면에서 이루어지는 패권정치는 IMF와 세계은행 등에 의해 주도되는 '기업적 세계화'[22]를 통해서 여실히 나타나고 있다. 특히 인도의 댐 건설과 관련하여 드러나듯이 이를 주도하는 사람들은 사태에 대한 편향적인 인식을 유포하고, 소위 전문가들은 전문지식으로 개발 희생자들의 생존권을 위협하는 세계화의 강탈에 협조한다.[23]

이후 라헬이 귀국하여 아예메넴으로 돌아왔을 때 가장 늦게까지 살아남아 할아버지의 가구와 집을 물려받은 코차마는 방송을 통해 들려오는 '인종청소, 기근, 학살(ethnic cleansing, famine and genocide)' 등을 '그녀의 세간살이에 대한 직접적 위협(as direct threats to her furniture)' (Roy, 1997, p. 29)으로 본다. 식민주의 유산을 물려받은 코차마는 세계화의 문제에서도 역시 벨루타에게 가졌던 변화의 두려움에 따른 적대와 마찬가지 태도로 일관하는 것이다. 그렇다고 로이가 세계화 일반에 대해서 부정적인 것만은 아니다. 오히려 그가 부정하는 것은 주로

---

21 그림 형제의 이 동화 주인공은 《작은 것들의 신》에서 잠시 노래 속에 차용되기도 한다(p. 173).

22 '기업적 세계화'에 대한 비판은 〈9월이여, 오라〉(Arundhati Roy, "Come September," *War Talk*, Cambridge: South End Press, 2003, pp. 45~75), 〈제국에 맞서기〉(Arundhati Roy, "Confronting Empire," *War Talk*, Cambridge: South End Press, 2003, pp. 103~114) 등의 에세이에서 가장 극명하게 표명된다.

23 "가난한 곳에는 돈이 많다"(Roy, 2001, p. 26)는 지적처럼 소위 전문가들은 개발을 명목으로 가난한 지역에 모여든다. "학자가 학자이기를 그만두고 남들의 절망과 불행을 먹고사는 기생충이 되는 것은 어떤 순간일까요?"(Roy, 2001, p. 26)라고 로이는 반문한다.

기업적 세계화와 금융자본의 횡포이며, 이들을 엄호하는 국제 정치, 경제 기구들과 은행 그리고 이들과 결탁하는 로컬 현지의 민족주의 세력들이다.

이들은 개발에 저항하는 사람들을 반민족주의자로 낙인찍고, 막대한 금융자본을 끌어들여 수몰지구의 수천만 가난한 사람의 생존터를 빼앗는다. '장대한, 젖은, 시멘트 국기(huge, wet, cement flags)'(Roy, 2001, p. 63)로 상징되는 인도의 댐과 그 건설 사업은 '발전주의적 민족주의(developmental nationalism)'(Roy, 2001, p. 64)에 의해 추동되고, 기업적 세계화를 주도하는 국제 금융자본과 결탁하고 있다. 이들은 1998년 핵실험, 1999년 파키스탄과의 전쟁을 주도하고 그 전후로 지속되는 댐 건설에 관여하고 있다. 로이의 정치 에세이들은 이에 대한 비판으로 일관한다. 인도 핵실험에 관한 〈상상력의 종말(The End of Imagination)〉(1998), 대형 댐 개발에 관한 〈더 큰 공공선(The Greater Common Good)〉(1998), 물과 전기 같은 기간시설의 민영화에 관한 《권력정치(*Power Politics*)》(2001), 이라크 전쟁을 포함한 신제국주의를 비판하는 《전쟁 이야기(*War Talk*)》(2003) 등이 그것이다. 특히 〈상상력의 종말〉에서 로이는 이렇게 말한다.

> 나는 여기서 스스로를 독립적인 유동적 공화국으로 선언한다. 나는 지구의 시민이다. 나는 영토도 국기도 갖고 있지 않다. (……) 이민자들은 환영한다. 당신들은 내가 우리의 국기를 디자인하는 것을 도울 수 있다. (Roy, 1999, p. 109)

'유동적 공화국(mobile republic)'은 《작은 것들의 신》(1997)에서 에스타의 낙살라이트 운동에 대한 언급에서도 등장한다. 이와 같이 로이의 작품과 에세이는 긴밀히 연관된다. 특히 여기서는 왜곡된 민족주의와 엘리트 지식인들이 공모하는 세계화에 대항하는 초국가적 연대가 암시되고 있다. 그런 점에서 로이는 여러 논자들이 지적하듯이 세계화에 대해 양가적인 입장을 견지하고 있다. 요컨대 그는 강탈적인 세계화의 과정과 구분되는 초국가적 연대 가능성을 열어두고 있는 것이다.

이처럼 로이의 정치 에세이들은 1960년대 낙살라이트 운동의 연장 선상에서 1990년대 이후 세계질서의 왜곡된 흐름을 비판적으로 겨냥하고 있다. 그의 인식과 언어는 소외된 불가촉천민들에서 출발한다. 그리고 자기 자신이 말하고 쓰는 지배 언어의 권력에 대해 반추하면서, 동시에 사회문화적 지배의 메커니즘을 그 직접적 피해 대상이 되는 인물들과 자연을 통해서 비판적으로 탈구하고자 한다.[24] 이는 세계화의 희생자들 및 강과 산림 등 소위 말할 수 없는 자연을, 상상력이 빈곤한 신자유주의적 이윤 논리로부터 구제하려는 것이다. 그의 이러한 투쟁은 단순히 "댐에 대항한 싸움이 아니라 철학을 위한, 세계관을 위한 싸움"(Roy, 2001, p. 82)이다. 소위 로이의 현실주의적 앙가주망에서 트랜스내셔널 리터러시가 관건인 이유는 여기에 있다.

스피박 역시 "발전 중인 개발도상 민족국가들은 심각한 생태학적 손실, 생명의 토대인 삼림과 강의 파괴라는 공통의 끈으로 연결되어 있다. 뿐만 아니라 전 지구적 자본세력들과 지역 개발을 주창하는 권력 계열들의 공모에 감염되어 있다"(Spivak, 1999, p. 380)고 지적한다. 세

---

24 데리다에 따르면 어떤 말을 사용할 때 혹은 사용해야만 할 때 나타나는 힘과 권력 그리고 정당성의 문제는 비단 언어의 문제를 넘어 정치, 교육, 법의 문제와 긴밀히 관련된다(Jacques Derrida, *Gesetzeskraft*, Frankfurt am Main: Suhrkamp, 1991, p. 44.

계를 경제적 능력에 따라 북과 남으로 분할하고, 자본의 역학에 따라 그려지는 '세계은행 지도의 지도 작성법(Cartography of the World Bank map)'(Spivak, 1999, p. 380)을 견지하는 세계화는 새로운 통합을 추진하고 있다.

이러한 세계화를 추동하는 왜곡된 세계관과의 싸움이 곧 스피박과 로이에게는 트랜스내셔널 리터러시를 복구하는 작업이다. 요컨대 트랜스내셔널 리터러시는 지배적인 인식의 틀 속에서는 말하지 못하는 것, 혹은 문맹이거나 문맹이 될 것을 강요받은 사람들로부터[25] 다시금 복구되어야 할 어떤 시급한 인식인 것이다. 이 점에서 작가 아룬다티 로이는 아직 조급하지는 않아 보인다.

> 인도는 또다시 시키는 대로 재주를 부리기에는 너무 늙었고, 너무도 교활합니다. 인도는 너무나 다양하고, 너무나 크고, 너무나 거칠고, 그리고—언젠가는 그러기를 바랍니다—너무나 민주적인 사회이기 때문에, "생명은 이윤이다"—이것이야말로 궁극적으로 '세계화'의 본질이지만—라는 한 가지 아이디어를 받아들이도록 세뇌될 수는 없습니다. (Roy, 2001, p. 31)

---

25 "한 민족이 기입하는 행위를 규정하는 말을 선긋기로 번역할 수 있다는 이유로 그 민족이 글을 쓸 수 없다고 하는 것은 말하기를 울기, 노래하기, 한숨 쉬기로 번역함으로써 그들이 말할 수 없다고 하는 것과 같지 않을까?"(Spivak, 1999, p. 405 에서 재인용)

* 이 글은 《比較文學》 vol. 59(2013)에 게재되었다.

참고문헌

가야트리 스피박 지음, 태혜숙·박미선 옮김,《포스트식민 이성비판: 사라져가는 현재의 역사를 위하여》, 갈무리, 2005.
_____, 문화이론연구회 옮김,《경계선 넘기》, 고양 인간사랑, 2008.
매들린 번팅,〈댐을 부수는 사람〉, 아룬다티 로이 지음, 박혜영 옮김,《9월이여, 오라: 아룬다티 로이 정치평론》, 녹색평론사, 2004.
아룬다티 로이 지음, 황보석 옮김,《작은 것들의 신》, 문이당, 1997.
_____, 박혜영 옮김,〈작가와 세계화〉,《9월이여, 오라: 아룬다티 로이 정치평론》, 녹색평론사, 2004.
_____, 최인숙 옮김,《생존의 비용》, 문학과지성사, 2003.
폴 드 만 지음, 이창남 옮김,《독서의 알레고리》, 문학과지성사, 2010.
호미 바바 지음, 나병철 옮김,《문화의 위치: 탈식민주의 문화이론》, 소명출판, 2002.

Bhabha, Homi K., *The Location of culture*, New York: Routledge, 2006.
Bunting, Madeleine, "Dam Burster," *The Guardian*, 28, July 2001.
Derrida, Jacques, *Gesetzeskraft*, Frankfurt am Main: Suhrkamp, 1991.
De Man, Paul, *Allegories of Reading*, London: Yale University Press, 1979.
Froula, Anna, "In-Between and Elsewhere-Liminality in Arundhati Roy's The God of Small Things," *Globalizing Dissent-Essays on Arundhati Roy*, Edited by Ghosh & Antonia Navarro-Tejero, New York: Routledge, 2009.
Grewal, Gurleen, "Home and the World-The Multiple Citizenships of Arundhati Roy," *Globalizing Dissent-Essays on Arundhati Roy*, Edited by Ghosh & Antonia Navarro-Tejero, New York: Routledge, 2009.
Mullaney, Julie, *Arundathi Roy's The God of Small Things*, London: Continuum, 2002.
Jani, Pranav, "Beyond 'Anticommunism'–The Progressive Politics of The God of Small Things," *Globalizing Dissent-Essays on Arundhati Roy*, Edited by Ghosh & Antonia Navarro-Tejero, New York: Routledge, 2009.

Kalra, Virinder S., Raminder Kauer and John Hutnyk, eds. *Diaspora & Hybridity*, London, Thousand Oaks, New Delhi: SAGE Publications, 2005.

Malmedie, Lydia, *Politics in Texts-Texts as Politics, Globalization in essays by Arundhati Roy, Hans Magnus Enzensberger, Salman Rushdiie and Juli Zeh*, Saarbruecken: VDM Verlag, 2010.

Roy, Arundhati, *The God of Small Things*, New York: Random House, 1997.

_____, *The Cost of Living*, New York: The Modern Library, 1999.

_____, *Power Politics*, Cambridge: south end press, 2001.

_____, *War Talk*, Cambridge: south end press, 2003.

_____, "Mesopotamia·Babylon. The Tigris and Euphrates," *The Guardian,* 3, April 2003.

Spivak, G. C., *A Critique of Postcolonial Reason: Toward a History of the Vanishing Present*, Cambridge: Harvard University Press, 1999.

_____, *Death of a Discipline*, New York: Columbia University Press, 2000.

Tickell, Alex, *Arundhati Roy's The God of Small Things*, New York: Routledge, 2007.

집필진 소개

김효진

연세대학교 국어국문학과 박사 과정. 현재 식민지 시기 다이글로시아와 근대 문학 형성 과정 상관관계 연구. 공동 논문으로 〈계몽 운동 주체의 변화와 청년의 구상—이광수의 〈용동〉, 〈농촌계발〉, 〈무정〉을 중심으로〉가 있다.

앤서니 애들러 Anthony C. Adler

연세대학교 언더우드 국제학부 교수. 피히테, 횔덜린, 칸트, 앤더슨, 아렌트, 아감벤 등 연구. 저서로 *The Afterlife of Genre*(장르의 후생)가 있으며, *Labyrinthine Dances*(미로의 춤), *Celebricities*(미디어 스타)를 곧 출간할 예정이다. 피히테의 저서를 번역하고 해설한 *The Closed Commercial State*(폐쇄적 상업국가)를 출간하기도 했다.

최윤영

서울대학교 인문대학 독어독문학과 교수. 저서로 《한국문화를 쓴다》, 《서양문화를 쓴다》, 《서양문화를 쓴다》, 논문으로 〈매체로서의 언어, 매체로서의 몸—요코 타와다의 《목욕탕》과 《벌거벗은 눈》을 중심으로〉, 〈낯선 자의 시선—외즈다마의 작품에 나타난 이방성과 다문화성의 문제〉 등이 있다.

켈리 월시 Kelly S. Walsh

연세대학교 언더우드 국제학부 교수(세계 문학). 현재 현대 시학, 문학교육학 등 강의. "The Unbearable Openness of Death: Elegies of Rilke and Woolf" (*Journal of Modern Literature*), "Bridging Disappointment: Pak T'aewŏn's Kubo and James Joyce's Ulysses"(*Seoul Journal of Korean Studies*) 등 다수의 논문과 서평을 발표해왔으며, *Freud Files*(프로이트 파일)를 비롯한 번역서를 출간하였다.

이송이

부산대학교 불어불문학과 교수. 현재 프랑스어권 문학 및 프랑스 영화, 여성 문학 연구. 논문으로 〈압델케비르 카티비(Abdelkebir Khatibi)의 자서전에 나타난 이중의 글쓰기〉, 〈환영과 반영, 유배와 해방의 장소: 클레르 드니(Claire Denis)의 〈개입자(L'Intrus)〉에 나타난 도시공간 연구〉, 〈마르그리트 뒤라스(Marguerite Duras)의 《연인(L'Amamt)》에 나타난 코스모폴리탄적 자아와 경계의 글쓰기〉, 〈정체성과 혼종성, 게토와 유토피아 사이의 방리유(banlieue): 〈증오(La Haine)〉, 〈국외자들(Bande à part)〉을 중심으로〉 등이 있다.

이창남

한양대학교 비교역사문화연구소 교수. 독일 비평이론 및 비교문학 연구. 논문으로 〈아감벤의 유머와 메타픽션적 통찰〉, 〈발터 벤야민의 인간학과 매체이론의 상관관계〉 등이 있고, 저서로 *Poesiebegriff der Athenaeumszeit*(아테네움 시대의 문학 개념) 외 현대 도시문화론과 관련한 다수의 공저서가 있다.

RICH 트랜스내셔널인문학총서

이중언어 작가
근현대문학의 트랜스내셔널한 기원을 찾아서

1판 1쇄 2014년 5월 15일

기 획 | 한양대학교 비교역사문화연구소
엮은이 | 이창남

편 집 | 천현주, 박진경
마케팅 | 김연일, 이혜지, 노효선
디자인 | 석운디자인

종 이 | 세종페이퍼

펴낸곳 | (주)도서출판 책과함께
주소 (121-896) 서울시 마포구 월드컵로 50 5층
전화 (02) 335-1982~3
팩스 (02) 335-1316
전자우편 prpub@hanmail.net
블로그 blog.naver.com/prpub
등록 2003년 4월 3일 제25100-2003-392호

ISBN 978-89-97735-40-2 (93800)

이 도서의 국립중앙도서관 출판시도서목록(CIP)은 서지정보유통지원시스템 홈페이지
(http://seoji.nl.go.kr)와 국가자료공동목록시스템(http://www.nl.go.kr/kolisnet)에서 이용
하실 수 있습니다.(CIP제어번호: CIP2014014083)

* 이 책은 2008년 정부의 재원으로 한국연구재단의 지원을 받아 수행된 연구임(NRF-2008-361-
A00005).